#킬러스타그램

#킬러스타그램

시월이일

@이갑수_장편소설

목 차

#헤겔

헤겔은 합기도 유단자였다.

게오르크 빌헬름 프리드리히 헤겔은 1770년 8월 27일 독일 남부에서 태어났다. 헤겔의 어릴 적 꿈은 레싱이나 헤르더처럼 민중 교육가 또는 계몽 문필가가 되는 것이었다.

그러나 헤겔의 부모는 그가 많은 교육을 받고 성직자가 되어 높은 사회적 지위에 오르기를 원했다. 세 살밖에 안 된 헤겔을 독일어 학교에 보냈고, 다섯 살 때는 라틴어 학교에 입학시켰다. 그리고 개인 교사들로부터 다양한 과목을 배우게 했다. 그중에는 펜싱과 승마 같은 스포츠 과목도 포함되어 있었다.

일곱 살 되던 해, 헤겔은 펜싱 연습을 하다가 왼쪽 겨드랑이를 칼에 찔리는 사고를 당했다.

- 칼이 10cm만 안쪽으로 갔으면 심장을 찔렸을 겁니다.

의사는 지혈을 하면서 그렇게 말했다. 헤겔의 어머니는 그 말을 듣고 바로 펜싱 교사를 해고했다.

헤겔은 잘됐다고 생각했다. 어린 헤겔에게 펜싱 칼은 너무 무거웠고, 칼을 휘두르며 앞으로 갔다, 뒤로 갔다만 반복하는 훈련은 지루하기만 했다. 칼에 찔린 탓에 약간의 첨단공포증도 생겼다. 실제로 헤겔은 말년까지 스테이크를 주문할 때, 미리 잘라서 가져올 것을 부탁했다.

펜싱 교사 대신 들어온 체육 담당 개인 교사는 동양인인 홍이었다. 홍에 대해서는 의견이 분분한데, 중국 사람이라는 설이 많다. 하지만 나는 홍이 한국인이라고 생각한다. 기록을 보면 홍이 매년 정기적으로 휴가를 신청한 날은 정확하게 당시 조선의 대표 명절인 설, 한식, 단오, 동지, 한가위와 일치한다. 물론 이것만으로 확신할 수는 없다. 헤겔이 묘사한 홍의 옷과 말투, 당시 중국과 유럽의 교역 상황을 감안하면, 홍이 중국인이라는 주장도 타당성이 있다.

홍은 헤겔에게 합기도를 가르쳤다. 처음에 헤겔은 키가

160cm밖에 안 되고 비쩍 마른 홍에게 무술을 배우는 것이 못마땅했다. 적어도 펜싱 교사는 전직 군인 출신이었고, 겉으로 보기에도 충분히 강해 보이는 사람이었다. 홍이 가르쳐주는 동작들도 무술이라기보다는 춤에 가까운 느리고 부드러운 움직임이었다. 헤겔은 마지못해 대충 따라 하면서 시간을 보냈다. 한 달만 배우고 어머니에게 말해 선생을 바꿔 달라고 할 생각이었다.

헤겔은 흥분해서 날뛰는 말을 홍이 한 손으로 가볍게 쓰러뜨려 진정시키는 것을 보고 마음을 바꿨다. 그날 홍이 보여준 움직임은 헤겔이 지난 8년 동안 살아오면서 배운 자연과학의 법칙을 완전히 거스르는 것이었다.

– 모든 사물은 그 자체로 모순된 거야.

홍이 말했다. 그 말은 헤겔의 뇌리에 인상 깊게 남았다. 홍은 헤겔에게 한비자에 나오는 모순의 일화를 들려주었다. 무엇이든 뚫을 수 있는 창과 무엇으로도 뚫을 수 없는 방패를 팔던 초나라 사람의 이야기였다.

– 누가 방패를 들고, 어떤 사람이 창을 들고 있느냐에 따라 다르지 않을까요?

홍의 이야기를 들은 헤겔은 그렇게 반문했다. 최강의 방패를 들고 있는 사람이 병졸이고, 창을 들고 있는 것이 장군이라면 애초에 해보나 마나 한 싸움이다. 그 반대의 경우도 마찬가지다.

  - 그게 바로 합기다.

홍은 크게 웃으면서 헤겔의 머리를 쓰다듬었다.

어떤 방패라도 뚫을 수 있는 창, 어떤 창으로도 뚫리지 않는 방패는 엄밀한 의미에서 모순 관계에 있다. 양자가 동시에 참으로 양립할 수도 없고 배중률에 따라 제삼자도 존재하지 않기 때문이다. 어떤 방패라도 뚫을 수 있는 창은 오직 자신의 타자인 어떤 창으로도 뚫리지 않는 방패와의 관계 속에서만 비로소 의미의 타당성을 가질 수 있지만 동시에 바로 그 타자를 전면적으로 부정한다. 그리고 이는 바로 그 관계 속에 있는 방패의 입장에서도 마찬가지다. 이 둘이 맞부딪친다면 어떻게 될까?

한비자는 많은 형식논리 학자들과 마찬가지로 그와 같은 모순은 애초에 실제로는 존재할 수 없다고 답한다. 만일 누군가 모순이 존재한다고 주장한다면 이는 논리적 오류이거나 착각의 산물에 불과하다고 폄하한다. 동일률에 매몰

되어 있는 형식논리학 또는 상식의 관점에서는 모순이 한낱 '비정상이나 일시적인 질환의 발작'으로 여겨진다.

그렇지만 모순은 객관적으로 존재하는 것으로서 온갖 경험에서 발견될 뿐만 아니라 오히려 모든 자기 운동의 원리가 되는 고차원의 진리다.*

헤겔은 그 후로 10년 동안 홍에게 합기도를 배웠다. 그들의 사제관계가 중단된 것은, 프랑스인이었던 홍의 아내가 폐렴으로 죽었기 때문이었다. 홍은 아내의 고향에 가겠다며 개인 교사를 그만뒀다. 몇 년간 홍과 헤겔은 간간이 서신을 주고받았지만, 나폴레옹이 집권한 이후로는 완전히 연락이 끊겼다.

헤겔은 홍에게 배운 10년간의 수업 내용과 자신의 깨달음을 정리해서 『합기도 입문』이라는 책을 쓴다. 이 책은 사람들이 흔히 헤겔의 첫 저작이라고 알고 있는 『정신현상학』보다 2년이나 먼저 완성되었다. 다만 출간은 동시에 되었는데, 『합기도 입문』을 단독으로 출판해주겠다는 출판사가 없어서, 『정신현상학』을 계약할 때 같이 출간하는 것을 조건으로 넣었기 때문이다. 헤겔은 이 책들이 자신을 위대한

지성의 반열에 올려줄 거라고 기대했다. 하지만, 두 권의 책이 세상에 나왔을 때, 프랑스군과 프로이센군의 전쟁이 한창이었다. 한가롭게 책이나 읽고 있는 사람은 아무도 없었다. 헤겔의 기대와는 달리 아무런 반향도 없었다.

후에 헤겔이 베를린 대학의 교수가 되고, 철학가로 명성을 날리면서 『정신현상학』은 재조명되었지만, 『합기도 입문』은 그대로 역사 속에 묻혀버렸다. 그나마 독일에서는 종종 『합기도 입문』에 대한 언급과 논란이 있다. 하지만, 한국의 헤겔학회는 『합기도 입문』을 헤겔의 저작으로 인정 안하고 있다. 한국에서 유일하게 이 책을 공부하고 연구하는 단체는 대한합기도협회다.

* 게오르크 빌헬름 프리드리히 헤겔, 『합기도 입문』, 시대정신, 1998, p.21

자객

우리는 신라 시대 때부터 대대로 사람이 사람을 죽이지 않는 세상을 만드는 일을 한다. 누군가 그게 어떤 일이냐고 묻는다면 그건 참 곤란한 질문이다. 질문을 받기 전까지는 분명 알고 있는데, 질문을 받는 순간 대답할 수가 없게 된다. 질문의 속성이라는 것이 원래 그런 것일 수도 있고, 내가 아직 정확히 모르기 때문일 수도 있다.

우리의 시조는 알평공이라는 사람이다. 알평공의 자손들은 이런저런 일을 많이 했다고 전해진다. 나라를 세우는 것을 돕고, 종교를 전파하고, 교육기관을 만들고, 강력한 법률을 제정하고, 은광을 채굴하고, 농사 기술을 발전시켰다. 그리고 몇 가지 사실을 깨달았다.

배불리 먹어도 사람은 사람을 죽인다.

교육을 받아도 사람은 사람을 죽인다.

법으로 금지해도 사람은 사람을 죽인다.

신을 믿어도 사람은 사람을 죽인다.

사람은 사람을 죽인다.

― 사람이 사람을 죽이지 않는 세상을 만들기 위해서는 사람을 죽여야 한다.

천 년의 실패 끝에 선조들은 그런 결론을 내렸다. 신라 말부터 우리는 자객 일을 하고 있다.

― 자객이 뭐니 올드하게. 차라리 킬러라고 해.

누나가 말한다. 우리는 특별한 일이 없는 한, 일주일에 한 번은 모두 모여서 저녁을 먹는다. 누나는 빠질 때가 많다. 누나는 자객이라는 말을 싫어한다. 비슷한 것 같지만, 자객과 킬러는 엄연히 다르다. 자객은 몰래 사람을 죽이는 사람이다. 은밀함에 방점이 있다. 반면, 킬러는 그냥 사람을 죽이는 사람이다. 확실히 누나한테는 킬러라는 말이 더 어울린다. 누나는 외국의 전쟁터에 자주 가니까.

나는 누나의 말대로 킬러라는 말을 사용하기로 했다. 단어 자체가 낡은 느낌을 주면 오히려 의미 전달의 정확성이 떨어질 수도 있다.

— 사조인死曹人이라고 하자.

한마디 끼어들기는 했지만, 형은 별로 관심을 보이지 않았다. 형은 과정보다는 결과를 중요하게 생각하는 사람이다. 뭐라고 불려도, 가령 인간 백정 같은 호칭이라도 신경 쓰지 않을 것이다.

— 열심히 하지 말고 잘해.

그게 형이 가장 자주 하는 말이다.

— 사망 도우미 어떠니? 물김치 좀 먹어봐라. 잘 익었다.

엄마는 어떤 주제든, 어떤 상황이든, 평범한 주부처럼 말한다. 그래서 난 엄마가 무섭다.

— 예전에는 다들 암살자라고 불렀어.

할아버지가 말한다. 할아버지와 할머니는 밥을 먹을 때는 말을 거의 하지 않는다. 음식을 먹을 때, 말을 많이 하면 복이 없어진다는 유례를 알 수 없는 미신 탓이다. 나는 할머니와 할아버지가 정확히 몇 살인지 모른다. 가끔 만주

시절 얘기를 하는 걸 보면, 최소 아흔 살은 넘은 것 같다. 어쩌면 백 살이 훨씬 넘었을지도 모른다. 할아버지와 할머니한테는 죽음의 냄새가 난다. 나이 때문만은 아니다. 형과 누나, 엄마한테도 비슷한 냄새가 나니까.

#가훈

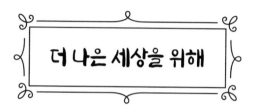

우리 집 거실에는 그런 문구의 액자가 붙어 있다. 가훈이다. 누가 썼는지는 모른다.

#무술

지금보다 더 나은 세상을 만들기 위해 나는 초등학생 때부터 온갖 종류의 무술을 배웠다. 단언컨대 내게는 무술의 재능이 없다. 모든 운동 종목이 마찬가지겠지만, 무술의 경우 특히나 신체조건 자체가 재능이라고 할 수 있다.

나는 열일곱 살이고, 160cm에 50kg이다.

— 괜찮아. 남자는 스물다섯까지 키가 자란다.

할아버지는 그렇게 말했다. 하지만 150cm도 안 되는 할아버지가 그런 말을 하니, 전혀 설득력이 없었다.

나는 태권도를 시작으로 권투, 유도, 특공무술, 무에타이, 삼보를 배웠다. 어느 것 하나 엄마가 원하는 수준에 다 다르지 못했다. 엄마가 원하는 것은 단순하다. 맨손으로 사람을 죽일 수 있어야 한다. 어쩌면 그 단순한 목표가 모든 무술의 궁극적인 경지인지도 모른다.

지르기나 발차기로 사람을 죽이려면, 머리에 150kg 정도의 충격을 줘야 한다. 흔히 세계 헤비급 챔피언이었던 마이크 타이슨의 펀치력을 1톤이라고 말하는데, 수사법일 뿐이다. 1cm²에 순간적으로 걸리는 압력을 계산해서 1톤이라는 말이다. 당연한 말이지만 사람의 주먹도 얼굴도 1cm²가 훨씬 넘는다. 타이슨의 펀치도 힘이 분산돼서 실제로 머리에 받는 충격은 200kg 정도다. 호랑이가 사냥할 때 휘두르는 앞발의 힘이 800kg이라고 한다. 어떤 재능을 타고나도, 무슨 훈련을 해도 사람이 호랑이보다 힘이 강할 수는 없다. 종의 한계다.

내 펀치력은 15kg이다. 다리 힘이 팔 힘의 세 배라는 계산을 해도 45kg, 그러니까 나는 바닥에 누워 있는 사람을 발로 차도 죽일 수 없다. 연속으로 열 번쯤 차면 죽일 수 있을지도 모른다. 무의미한 가정이다. 발로 차라고 바닥에 누워 있을 사람도, 머리를 열 번이나 차일 때까지 가만히 있을 사람도 없으니까.

– 왜 그렇게 강해지려고 애쓰니?

내가 다니는 도장과 체육관의 사범과 관장들은 다들 비슷한 질문을 한다. 일주일에 다섯 번, 하루 네 시간 이상 꼬박꼬박 나와서 훈련을 했으니 당연히 궁금했을 것이다.

– 집안 사정 때문에요.

나는 그렇게 대답한다.

그들은 나를 응원하고, 성심성의껏 가르친다. 하지만 내몸은 그들의 지도를 따라가지 못한다. 나는 아무리 운동을 해도 근육이 붙지 않는 체질이다. 유연성도 없다. 다리가 찢어지지 않는 것은 물론이고, 허리도 45도 이상 굽힐 수 없다. 억지로 다리를 찢었다가 근육이 손상돼서 3개월이나 입원한 적도 있다.

– 나도 형이나 누나처럼 다른 거 하면 안 될까?

병원에 입원했을 때, 나는 엄마한테 그렇게 말했다. 조금울었다. 몇몇의 개인이 세상을 바꾸는 것은 정말 힘든 일이다. 거의 불가능한 일인지도 모른다. 불가능한 걸 알아도인간은 계속 도전한다. 종의 특성이다.

– 지금 우리한테 필요한 건 근접 살인의 전문가야.

엄마가 말했다. 엄마는 망설이다가 나를 삼촌에게 데려

갔다.

#삼촌

아빠가 실종되기 전까지 삼촌은 우리 집에 살았다. 내가
열 살 때, 아빠가 사라졌고 삼촌은 아빠를 찾으러 다녔다.
아빠와 삼촌의 우애가 그렇게 깊었다는 것은 아빠가 실종되
고 나서 알았다. 하루에 한마디만 주고받는 무뚝뚝한 형제
였다.

  – 요즘 어때?

  – 늘 똑같아. 형은?

  – 나도 늘 똑같아.

매일 똑같은 대화가 사라진 것이 삼촌에게는 아주 큰일이
었던 것 같다. 삼촌은 만사를 제쳐두고 아빠를 찾으러 다녔

다.

－그만하면 됐다.

3년이 지났을 때, 할아버지는 그렇게 말했다. 삼촌은 전국을 샅샅이 돌아보고 수색 영역을 해외로 넓히고 있었다.

－이제 아무도 안 죽입니다.

삼촌이 대답했다. 할아버지는 호적에서 파버리겠다고 난리를 쳤지만, 삼촌의 결심은 바뀌지 않았다. 할아버지는 정말로 법적인 절차를 밟아서 삼촌의 성을 바꿔버렸다. 그 뒤로 삼촌의 소식은 들을 수 없었다. 2년 전쯤인가 누나가 독일의 공항에서 우연히 마주쳤다는 말을 들은 게 전부였다.

삼촌이 떠나지 않았다면, 재능도 없는 내가 무술을 배우는 일은 없었을 것이다. 삼촌은 근접 살인의 최고 전문가였으니까.

킬러 조직에는 반드시 맨손으로 사람을 죽일 수 있는 사람이 필요하다. 무기를 휴대하고서는 들어갈 수 없는 곳이 많기 때문이다. 표적이 요인일 경우 특히 보안이 철저하다. 삼촌은 공항, 병원, 대사관, 경찰서, 피라미드 안에서도 완벽하게 임무를 완수했다. 주로 후두부나 척추의 급소에 짧은 순간에 정권을 찔러 넣는 방식을 사용한다.

삼촌은 할아버지의 아들이라는 게 믿기지 않을 정도로 신체조건이 좋다. 키 188cm, 몸무게 90kg, 체지방은 1%도 없는 근육질이고, 유연하기까지 하다. 근력과 순발력도 뛰어나다. 아마 격투기가 아니라 다른 운동을 했으면 올림픽 메달을 몇 개쯤 땄을 것이다. 삼촌은 스포츠화 된 현대의 격투기부터, 수박이나 마한머루 같은 고무술까지 전부 능통하다. 유술과 타격을 가리지 않는다. 볼펜이나 안경테 같은 물건도 삼촌의 손에 들어가면 위험한 흉기로 변한다. 나는 산에 갔다가 삼촌이 나무젓가락으로 멧돼지를 잡는 것을 본 적이 있다. 멧돼지 고기는 냄새는 좀 났지만, 맛이 있었다. 정말로 그랬다.

엄마가 나를 데려간 곳은 삼촌이 관장으로 있는 합기도 도장이다. 전직 킬러가 하는 도장이라 위험하고 음습한 분위기를 예상했는데, 의외로 평범하다. 햇볕이 잘 드는 2층이고, 문하생 수도 많다. 문하생들도 초등학생부터 중년 여성까지 다양하다. 어느 곳에나 있는 합기도 도장과 다를 것이 없다.

– 도련님 자리를 이 아이가 대신할 겁니다.

엄마는 거의 협박조로 삼촌에게 나를 훈련시켜 달라고

말한다.

　– 한 달에 *15만 원입니다.*

　삼촌은 사무적으로 대답한다. 엄마는 그 자리에서 6개월
치 수업료를 선불로 결제하기로 한다.

　– 한 번에 내면 할인은 안 되나요?

　엄마가 말한다.

　– 도복을 무료로 드립니다.

　삼촌이 말한다.

　나는 중등부 아이들과 함께 수업을 듣는다. 고등학생인
내가 중학생들과 수업을 듣는 것이 자존심 상하지만, 체격
이나 운동 능력으로 평가하면 초등부로 배정되지 않은 게
다행이다.

　수업은 그동안 배운 것과 크게 다르지 않다. 어느 도장이
나 기본적으로 시키는 달리기와 스트레칭을 하고, 기본이
되는 자세를 배운다. 다른 게 있다면 합기도가 타격과 유술
이 합쳐진 조금 특이한 무술이라는 것뿐이다. 때리는 동작
과 잡는 동작이 하나고, 막는 동작과 관절을 꺾는 동작이
하나다.

　– 힘을 느끼고 흘려보내.

삼촌은 정규 수업이 끝난 후에 30분 정도 개인 지도를 해준다.

－이 기술로 사람을 죽일 수 있어?

내가 묻는다.

－나는 네가 아무도 죽이지 않았으면 좋겠구나.

삼촌이 말한다.

－하지만, 나는 킬러가 되어야 하는데?

－정말 킬러가 되고 싶니?

－삼촌은 원해서 했어?

원하지 않아도 사람은 사람을 죽인다. 삼촌이 하지 않으면 내가 해야 하고, 내가 하지 않으면 또 다른 누군가가 해야 한다. 킬러는 특별한 존재가 아니다. 누군가 반드시 해야 하는 일을 하기 위해 노력하는 사람일 뿐이다.

그날부터 삼촌은 인간에게 치명적인 급소와 그곳을 공격하는 기술들을 하나씩 알려준다. 기본적으로 모르던 것을 알게 되는 것은 즐거운 일이다. 하지만, 어떤 앎은 즐거운 동시에 두렵다.

길을 지나가는 사람을 보면 급소가 먼저 눈에 들어온다. 인간은 특정한 각도에서 힘을 가하면 매우 쉽게 부서지는 구조물이다. 우리 가족의 대단함도 새삼 깨달았다. 화초에 물을 주는 할아버지도, 세차하는 할머니도, 찌개를 끓이는 엄마도, 버스에서 내리는 형도 완벽하게 치명적인 급소들을 감추고 있다. 무방비로 돌아다니는 건 누나뿐이다. 나는 우리 식구 중에 누나가 제일 좋다.

#제니

단독으로 임무를 수행할 수 있게 되면, 콜사인을 정할 수 있다. 어떤 통신수단도 보안이 완벽하지는 않기 때문에 킬러가 임무 중에 교신하는 것은 매우 위험한 일이지만, 어쩔 수 없이 연락을 해야 하는 경우가 있다. 누나의 콜사인은 제니다.

제니는 저격수다. 주로 외국에서 활동한다. 한국에서 총을 사용해 누군가를 죽이는 것은 너무 눈에 띈다. 가끔 영화를 보면 서울이나 부산 한복판에서 총격전을 벌이는 장면을 볼 수 있다. 정의의 형사들이 악당을 때려잡는 영화에 자주 나오는 장면이다. 그런데 만약 실제로 누군가 한국에서 총을 쏜다면, 우리나라의 특성상 간첩이나 무장공비라고 오인해서 군이 대응할 가능성이 높다.

경찰과 군대는 훈련이나 무장의 차이도 있지만, 근본적으로 목적이 다르다. 경찰은 체포가 목적이지만, 군대는 사살이 목적이다. 사격 연습을 하는 표적지만 봐도 알 수 있다. 경찰은 하반신 모양의 표적지로 다리를 맞추는 연습을 한다. 군인은 북한군 상반신 모양의 표적지로 머리와 심장을 쏘는 연습을 한다. 경찰은 연습만 하고 진짜로 사람한테 총을 쏘는 경우는 거의 없지만, 군인은 항상 진짜로 쏜다.

아무리 뛰어난 킬러라도 군대를 상대하는 건 위험하다. 우리는 살인의 전문가지만, 공개적이고 광범위하게 사람을 죽이는 것은 군이 훨씬 뛰어나다. 안타깝게도 제니는 군대를 상대할 때도 있다.

제니가 아닐 때, 누나는 국제 의료봉사단체 소속의 의사다. 주로 분쟁지역에서 활동한다. 누나가 자청하는 측면도 있고, 긴급하게 의사가 필요한 곳이 주로 재난이나 전쟁에 휘말린 곳이기 때문이다. 누나는 젊지만 꽤 유능한 의사다. 특히 총상에 있어서는 비공식적으로 국내 최고의 권위자다. 국내에서 총기 사고가 나면 다양한 경로로 누나에게 도움 요청이 온다. 누나가 총상 치료의 전문가인 이유는 부업이 저격수이기 때문이다. 아니 본업인가. 사실 어느 쪽이 본업이고 어느 쪽이 부업인지 잘 모르겠다.

– 총을 쏴보고, 맞아본 적도 있어야 총상을 잘 치료할 수 있어.

누나는 그렇게 말했다. 묘하게 설득력이 있었다. 누나 때문인지는 모르겠지만, 최근 몇 곳의 의과대학 응급의학과 전공의 수련 과정에 사격 과목이 생겼다. 스무 발 중에 열네 발 이상을 명중시켜야 학점을 받을 수 있다. 그런데 의사들이 치료를 위해 총을 쏴볼 수는 있지만, 맞아볼 수는 없지 않을까.

누나가 평소에 무방비로 돌아다니는 것도 총 때문이다. 총은 꼭 급소에 맞지 않아도 대체로 죽는다. 그리고 가린다고 막을 수 있는 것도 아니다.

제니의 표적은 외국의 요인인 경우가 많다. 그들은 무장한 군인들에 둘러싸여 있다. 필연적으로 제니는 군대와 충돌한다. 물론 그렇다고 전면적으로 군대와 전투를 벌이는 것은 아니다. 표적을 죽이고 탈출하는 과정에서 약간의 교전이 벌어지는 정도다.

– 호흡.

언젠가 내가 총을 쏠 때 제일 중요한 것이 무엇인지 묻자, 제니는 그렇게 대답했다. 조준할 때는 숨을 멈추고, 방아쇠를 당기면서 자연스럽게 숨을 내뱉어야 한다고 했다.

– 쏘면서 짧은 단어를 말하는 것도 좋아.

제니가 알려준 요령대로 나는 말을 하면서 총을 쏴봤다.

세 발 다 빗나갔다. 나는 사격에 재능이 없다.

제니는 원래 '아멘'이라는 단어를 말하면서 총을 쏬다. 제니는 독실한 기독교 신자다. 방아쇠를 당길 때마다 진실로 표적이 죽기를 바란다는 의미인지도 모른다.

– 십계명에 살인하지 말라는 말이 있지 않아?

내가 물었다.

– 십계명을 지킬 수 있는 세상을 만들려고 죽이는 거니까 괜찮아.

제니가 대답했다.

자유의지는 기독교에서 중요한 개념이다. 십계명은 강제가 아니라 가능하면 그렇게 살라는 지침이다. 제니의 말처럼 지금은 그런 게 가능한 세상이 아니다.

작년에 포클랜드에서 임무를 수행한 뒤로 제니는 사격하

면서 내뱉는 말을 바꿨다. 그때 제니의 표적은 극비리에 아랍연맹의 주요 인사를 체포하러 가는 영국군 SAS 1개 분대 전체였다. 그들이 임무에 성공하면 정의는 구현될지 모르겠지만, 수백 건의 테러와 내전이 일어나 수만 명의 사람들이 죽을지도 몰랐다. 표적은 총 일곱 명이었다.

제니는 엄폐물이 전혀 없는 평지에서 더미를 여섯 개나 설치하고 기다렸다. 군대와 전쟁을 하는 것은 멍청한 일이다. 그러나 치밀하게 덫을 만들고 기다리면, 더 이상 전쟁이 아니다. 그들은 단지 사냥터에 들어온 사냥감일 뿐이다.

- 아멘.

첫 번째로 적 스나이퍼를 제거한다.

- 아멘.

두 번째 사격으로 지휘관을 제거한다.

차례로 모두가 죽고 마지막 한 명이 남았을 때, 최후의 표적은 무기를 버리고 무릎을 꿇고 손을 모으고 기도한다. 제니는 그의 기도가 끝나기를 잠시 기다려준다.

- 아멘.

표적이 기도를 끝내고, 그렇게 말한다. 제니는 조준경으로 그의 입모양을 보고는 아무 말도 내뱉지 않고 방아쇠를 당겨 표적의 머리를 날려버린다.

임무를 마치고 한국에 돌아온 제니는 사격할 때 내뱉는 말을 바꿨다고 알려줬다.

– 신이 우리 둘 중 누군가의 기도를 들어주면 안 된다는 생각이 들어서.

내가 이유를 묻자 제니는 그렇게 대답했다. 대충 이런 의미인 것 같다. 총을 쏘는 사람이 명중하기를 기도한다. 총에 맞는 사람이 살려달라고 기도한다. 그가 죽든 살든, 그 결과에 신이 개입해선 안 된다. 두 사람의 기도가 충돌할 때, 신이 누군가의 편을 들어주는 것은 불공평한 일이다. 신은 세상에 개입하지 않고 그저 지켜보기만 한다. 당연한 일이다. 신이 세상에 관여한다면 대대로 사람이 사람을 죽이지 않는 세상을 만드는 일을 하는 집안 같은 것은 필요 없을 테니까.

요즘 제니는 방아쇠를 당길 때, 포켓몬스터의 이름을 하나씩 외친다.

– 피카츄, 꼬부기, 잠만보, 리자몽……

제니는 아무 의미 없는 단어를 말하는 거라고 했지만, 내 생각은 다르다. 포켓몬스터 주제가는 이렇게 끝난다.

따뜻한 햇살 밝은 세상. 우리 모두 꿈을 위해.

– 열심히 배워. 누군가를 죽인다는 것은 죽을 가능성도 높아진다는 뜻이니까.

내가 삼촌에게 수업을 받는다고 하자, 제니는 그렇게 말했다.

교육

어느 분야나 사람을 키우는 법은 다음의 세 가지 과정을 거친다.

1. 말로 설명하고

2. 시범을 보여주고

3. 직접 시켜본 후에, 잘못된 점을 고쳐준다.

삼촌은 남을 가르치는 일에 천부적으로 재능이 있다. 재미있고 막힘없이 설명을 잘하고, 완벽한 시범을 보여준다.

– 현재 거의 모든 무술은 시합에서 팔꿈치와 무릎의 사용을 금지하고 있다.

삼촌이 말한다.

– 왜?

내가 묻는다.

– 잘못 맞으면 죽기 때문이지.

삼촌이 대답한다.

– 너는 팔꿈치와 무릎을 중점적으로 사용해야 한다.

다시, 삼촌이 말한다.

– 왜?

내가 묻는다.

– 제대로 맞으면 죽기 때문이야.

삼촌이 대답한다.

삼촌의 시범은 강하고, 빠르고, 정확하다. 몇 번이나 같은 동작을 보여 달라고 해도 한 치의 오차도 없다. 삼촌의 움직임을 그대로 스틸 사진으로 찍어서 교본을 만들어도 될 것이다. 나는 삼촌이 알려준 모든 동작을 머릿속에 완벽하게 각인시킨다.

문제는 나한테 있다. 나는 뭔가를 배우는 데 천부적으로 재능이 없다. 분명히 머리로는 이해했는데, 직접 해보면 할 수가 없다. 모든 것이 잘못되었기 때문에 수정이나 보완을 할 수도 없다.

내가 지르기를 하면 삼촌이 말한다.

— 다시.

내가 발차기를 하면 삼촌이 말한다.

— 다시.

내가 팔꿈치를 휘두르면 삼촌이 말한다.

— 다시.

할머니 말에 따르면, 요즘 나는 자면서 잠꼬대를 한다고
한다.

— 다시. 다시. 다시.

나는 매일 밤 같은 꿈을 꾼다. 내 앞에 상자와 뚜껑이 있
다. 나는 상자의 뚜껑을 닫아서 맞은편에 앉은 누군가에게
건넨다. 맞은편에 앉은 누군가는 상자의 뚜껑을 열어서 내
게 건넨다. 그러면 나는 다시 상자의 뚜껑을 닫아서 돌려준
다. 맞은편의 누군가는 다시 상자를 열어서 돌려준다. 우리
는 밤새도록 상자를 주고받는다. 나는 이 꿈에 「현대인의
삶—나의 삶」이라는 제목과 부제를 붙였다.

의사는 신경쇠약이라는 진단과 함께 수면유도제를 처방
한다.

삼촌은 엄마에게 다시 생각해보라고 말한다. 엄마는 삼

촌에게 다시 집으로 돌아오라고 말한다. 삼촌은 다시 수업을 시작한다.

－방법을 찾아보자.

삼촌이 그렇게 말하고 한 달 후에 가져온 것이 『합기도 입문』이다.

－헤겔은 철학자 아니야?

내가 묻는다.

－무술에도 조예가 깊었나 봐. 쇼펜하우어가 잘 때, 항상 베개 밑에 권총을 넣고 잔 게 헤겔한테 맞은 후유증 때문이라는 말이 있어.

삼촌이 대답한다.

유명한 사람들의 이름 뒤에는 언제나 이런저런 소문이 따라다닌다. 실제로 쇼펜하우어와 헤겔은 베를린 대학에서 동시에 강의를 개설한 적이 있다. 학생들이 대부분 헤겔의 강의만 신청해서 쇼펜하우어의 수업에는 다섯 명밖에 들어오지 않았다.

－강단에는 철학이 존재하지 않는다.

쇼펜하우어는 그렇게 말하고 대학을 떠났다. 우리 가족 중에 대학을 다닌 것은 형과 누나뿐이다. 형과 누나는 그 말은 확실하게 맞는 말이라고 증언한다.

— 그럼 강단에는 뭐가 있어?

내가 묻는다.

— 가서 확인해보렴.

형과 누나가 대답한다.

나는 딱히 대학에 갈 생각이 없다.

삼촌이 구해다 준 『합기도 입문』은 여러 번의 중역을 거친 중역본이다. 원작을 프랑스에서 먼저 번역했고, 불어 번역본을 영국에서 가져가 다시 번역했다. 그리고 그게 미국에서 출간되었다가 1998년에 한글로 번역되었다. 지금은 없어진 출판사의 인문학 특집 시리즈의 네 번째 권인데, 무슨 기금을 받아서 딱 150부만 인쇄했다. 이 책은 중고 책 거래 사이트에서 오백만 원에 거래된다. 상태가 좋으면 천만 원까지도 받을 수 있다.

— 샀어?

내가 묻는다.

— 죽이고 뺏어왔어.

삼촌이 대답한다.

나는 잠시 책에서 손을 뗀다. 그러고 보니 책 표지에 핏

자국처럼 보이는 얼룩이 있다.

　– 농담이고, 복사본이야.

　삼촌이 말한다.

　세상에는 농담을 하면 안 되는 사람들이 있다.

#농담

내가 제일 끔찍하게 싫어하는 농담은 할아버지가 간혹 밥을 다 먹은 후에 하는 말이다.

– 이 음식에는 독이 들어 있다.

그 말을 처음 들었을 때, 나는 먹은 것을 다 토했다.

할아버지는 독제사다. 셀 수 없을 만큼 많은 사람이 할아버지의 독을 먹고 죽었다. 독을 만들 때, 할아버지가 가장 중요하게 생각하는 것은, 독이 맛이 있어야 한다는 것이다. 독의 효과나 은밀함 같은 것은 언제나 그다음이다.

– 독도 음식이야. 이승에서 마지막으로 먹은 음식이 맛없는 거라면 그건 너무 잔인한 일이잖아.

언젠가 내가 독이 왜 맛있어야 하냐고 묻자, 할아버지는 그렇게 대답했다. 그러고 보니 사형수들한테 죽기 전에 마지막으로 먹고 싶은 것을 마음껏 먹게 해준다는 말을 들은 적이 있다.

– 더럽게 맛있네.

마지막 음식을 먹는 사형수는 그렇게 말했을 것이다. 울었을지도 모른다. 맛있는 마지막 식사는 고마운 일이다. 그런데 생각하기에 따라서는 엄청나게 잔인한 일이다.

할아버지의 독은 확실히 맛있는 모양이다. 표적이 스스로 독을 먹으러 찾아오는 경우가 많다. 할아버지는 남한산성 기슭에서 식당을 한다. 주 메뉴는 천둥오리볶음이지만, 손님들이 부탁하면 무엇이든 만들어준다. 식당에 찾아오는 손님 중 절반 이상은 할아버지의 표적이다. 30년째 독을 먹으러 찾아오는 표적도 있다. 수십 번 넘게 바람을 피워서 아내가 죽여 달라고 의뢰를 한 표적인데, 계절이 바뀔 때마다 부부가 함께 식당에 찾아온다.

– 이 독은 다른 걸 죽이는 독이야.

내가 30년이나 살아 있으면 독이 효과가 없는 게 아니냐고 묻자 할아버지는 그렇게 대답했다. 확실히, 그 부부는 금슬이 좋아 보인다.

할아버지의 콜사인은 옹심이다. 할아버지는 옹심이 칼국수를 좋아한다. 하지만, 할머니는 아직도 옹심이가 할아버지의 첫사랑 이름일 거라고 의심하고 있다.

– 이제는 말해줄 때도 되지 않았어?

할머니가 묻는다.

– 허허. 아니래두.

할아버지가 말한다.

할아버지는 가끔씩 할머니 몰래 옹심이 칼국수를 먹으러 간다. 나도 몇 번 같이 간 적이 있다. 옹심이 칼국수는 감자를 갈아서 새알처럼 동그랗게 빚어 칼국수에 넣어 놓은 음식이다. 옹심이가 할아버지의 첫사랑 이름은 아니겠지만, 뭔가 옛 추억과 관련이 있는 것은 분명하다. 칼국수를 먹을 때 할아버지는 어딘가 먼 곳을 보는 것 같은 아련한 눈빛을 하고 있다. 옹심이 칼국수는 솔직히 내 입맛에는 조금 밍밍하다.

할아버지의 음식은 맛있다. 엄마의 요리와 비교하면 그 차이가 확연하게 드러난다. 하지만, 할아버지의 음식에는 독이 들어있을 가능성이 있다.

나는 이미 독을 먹었는지도 모른다.

얼마 전에 도장에 40대 주부가 아들과 함께 등록을 했다. 그녀는 가족이 함께 들으면 한 명의 등록비를 60% 할인해준다는 전단을 보고 찾아왔다고 했다.

– 삼촌, 전단지도 뿌려?

내가 물었다. 킬러의 제1원칙은 어떤 순간에도 자신의 위치를 노출시켜서는 안 된다는 것이다. 발각되는 순간 임무는 실패하고, 목숨이 위험해진다.

– 세를 내야 해서.

삼촌이 대답했다. 세입자의 제1원칙은 월세를 밀리지 않아야 한다는 것이다.

60% 할인을 받은 그녀는 당뇨 때문에 운동을 해야 한다고 했다. 그녀는 운동 후에도 이온 음료 대신 따로 챙겨 온 돼지감자 끓인 물을 마신다. 처음 보는 거라 흥미가 생겨 한 모금 얻어 마셔봤는데, 할아버지가 독이 맛있어야 한다고 한 이유를 즉각적으로 이해할 수 있었다. 죽기 전에 마지막으로 먹은 음식이 돼지감자 끓인 물이라면, 원통해서 구천을 떠도는 악귀가 될 것 같은 맛이었다.

어쩌면 세상은 악귀로 가득 차 있을지도 모른다. 맛없는 음식을 먹고 죽은, 아니 제대로 뭘 챙겨 먹지도 못하고 죽은 사람이 잔뜩 있을 테니까. 사형수는 악귀가 되지 않을 것이다. 할아버지의 독을 먹고 죽은 사람들도.

– 의사가 오래 살고 싶으면 맛없는 거만 먹으래. 맛있는 건 전부 다 독이래.

60% 할인을 받은 그녀가 말했다.

그녀는 슬퍼 보인다.

#유인_물질

나는 세상 슬픔을 다 안고 있는 것 같은 표정을 한 사람을 한 명 알고 있다. 우리 아빠다. 아빠는 자살 전문가였다. 어떤 죽음은 자살이라는 형태를 취해야만 남아 있는 주변 사람들에게 도움이 된다. 원래 자살 전문가의 임무는 표적을 죽이고 자살로 위장하는 것이다. 아빠는 역사상 가장 뛰어난 자살 전문가였다. 자살로 위장하는 것이 아니라, 표적이 진짜로 자살하게 만들었다.

아빠는 언제나 벙거지 모자를 쓰고 다녔다. 그리고 주머니가 많은 조끼를 자주 입었다. 집안에서도 거의 모자를 벗은 적이 없어서, 아빠의 머리 모양이 어땠는지 기억나지 않는다. 아빠가 대머리였던가? 할아버지는 머리숱이 많다. 나보다는 형의 머리가 먼저 빠질 테니 형을 지켜보면서 대응하면 된다. 우리가 정말 친형제가 맞다면.

아빠의 조끼 주머니에는 별의별 물건이 다 들어 있었다. 땅콩이나 호두 같은 주전부리부터, 물티슈와 반짇고리, 지혈제와 소화제 같은 것까지. 식구들이 뭔가 필요한 물건이 있으면 주머니에서 꺼내줬다. 아빠는 낚시꾼이나 등산객처럼 보였고, 10년이나 함께 산, 내가 정확히 기억하지 못할 정도로 특징이 없는 얼굴이었다.

아빠가 일하는 방식은 간단했다. 표적이 정해지면 표적의 집 근처로 이사를 갔다. 표적이 아파트에 살면 창문이 내려다보이는 건너편 동으로, 일반 주택에 살면 옆집으로. 그리고 매일 표적을 지켜보고 주변을 맴돌았다. 마트에서, 사우나에서, 식당에서, 피트니스 클럽에서, 표적과 함께 줄을 서고, 씻고, 밥을 먹고, 운동을 했다. 그게 다였다.

그러고 나면 표적은 어김없이 자살했다. 짧으면 일주일 만에, 길어도 석 달을 넘기지 않았다.

할아버지는 아빠한테 죽음 충동을 부추기는 페로몬이 나오는 것 같다는 가설을 세웠다. 정말로 그런 유인 물질이 있다면 독제사인 할아버지에게는 은총이나 다름없었다. 흔히 화학의 기원을 연금술이라고 알고 있는 경우가 많은데, 화학은 독을 만드는 과정에서 더 많이 발전했다. 돈이 되는 것을 연구하는 연금술이나, 인간이 먹을 수 있는 것만 연구하는 약과는 달리, 독은 모든 물질을 연구한다. 할아버지의 말에 따르면, 세상에는 독성이 없는 물질은 하나도 없다.

할아버지에게 아빠는 아주 귀한 연구 재료였다. 할아버지는 매주 아빠의 피를 뽑고, 머리카락, 비듬, 손톱 하나까지 모두 따로 모았다.

― 평범해.

할아버지는 아빠의 피와 상피세포를 분석한 후에 그렇게 말했다. 화학적으로 아빠는 지극히 평범한 인간이었다. 할아버지의 가설은 무너졌지만, 결과는 그대로였다. 원인이 무엇인지는 몰라도, 아빠가 주변을 맴돌면 그 사람은 죽음을 선택했다. 예외는 한 명뿐이었다.

실종되기 전, 아빠의 마지막 표적은 72세 노인이었다. 의뢰인은 본인이었다.

의뢰를 받고 누구에게 맡길 것인가를 정하는 것은 엄마의 일이다. 각자 받아온 의뢰도 일단은 엄마가 종합한다.

우리는 보통 혼자서 일하지만 도움이 필요할 때는 팀을 짤 때도 있다.

아빠의 마지막 표적에 대한 의뢰서에는 의뢰 이유를 적은 문서가 첨부되어 있는데, A4용지로 30장이나 되는 분량이다. 지루한 장편 소설의 앞부분처럼 구구절절한 이야기가 적혀 있었다. 엄마는 그 의뢰이유서를 한 문장으로 이렇게 요약해 놨다.

경제적 어려움.

틀린 말은 아니지만 엄마의 요약에는 총체성이 결여되어 있었다. 부러 그렇게 했는지도 모른다. 누군가의 삶을 너무 세세하게 알게 되면 목숨을 끊을 때, 망설여지니까.

내가 보기에 그 노인은 경제적인 이유라기보다는 자신이 세워놓은 삶의 계획이 계속 어긋나고 있어서 죽음을 바라는 것 같았다. 경제적 빈곤은 어긋남의 부산물 같은 거였다.

그는 무역회사에 다녔다. 원자재를 수입하고, 부품을 수출하는 일종의 중계무역 회사였다. 그는 자동차와 관련된 부서에서 35년을 일했다. 몇 번인가 회사의 불법을 목격했지만, 적당히 눈감았다. 그 대가로 회장으로부터 30년 근속

공로패를 받았다. 만으로 62세가 되던 해 퇴직했다. 평생 열심히 일한 덕에, 그리고 알뜰한 아내 덕에, 그는 작은 아파트를 소유하고 있었고, 저축도 상당했다.

그의 아내는 그가 대학생 때, 하숙을 했던 하숙집 손녀였는데, 직원들과 회식을 하러 갔다가 식당에서 우연히 다시 마주쳐 결혼까지 하게 되었다. 그는 누가 아내를 사랑했냐고 묻는다면 천천히 고개를 끄덕일 거라고 했다. 그의 아내는 평화롭게 웃는 여자였고, 매년 새 목도리를 떠줬다.

둘 사이에 자식은 없었다. 두 번의 유산 끝에 부부는 아이 없이 살기로 합의했다.

퇴직 후에 그는 아내와 천천히 경치 좋은 곳을 구경하면서 맛있는 음식을 먹으며 시간을 보낼 생각이었다. 해외여행 계획도 세웠다. 그런데 아내가 췌장암에 걸렸다. 그녀는 6개월 정도 병원에서 고생을 하다가 죽었다.

그는 그동안 벌어온 돈을 조금씩 허물어가며 생을 유지하다가 죽을 때 남는 것이 있으면 조카들에게 줄 생각이었다. 뜻하지 않게 혼자가 된 바람에 생각보다 많은 재산이 남을 것 같았다. 그는 조카가 셋 있었는데, 조카들은 그의 속마음을 어떻게 알았는지 번갈아 찾아와 돈을 빌려달라고 했다. 그는 미리 유산을 떼어준다고 생각하고 조카들에게 돈을 나눠줬다. 이제 정말 빠듯하게 죽기 전까지 쓸 정도의 돈만 남아 있었다.

현재를 기준으로 미래를 계산하는 것은 쉬운 일이 아니다. 물가는 그의 예상보다 더 많이 올랐고, 정부 정책에 따라 더 내야 하는 세금도 생겼고, 그동안 알고 지낸 사람들의 경조사가 생각보다 많았고, 갑자기 보일러가 고장 났고, 이빨이 부러졌다.

고민 끝에 그는 회사에 다닐 때 소문으로 들었던 주소로 메일을 보냈다. 누군가 죽기 전에 그에게 행복한 삶이었냐고 묻는다면, 적당히 그런 것 같다고 대답할 생각이었다.

나는 어릴 때, 아빠의 마지막 표적을 찾아간 적이 있다. 이미 다른 식구들이, 특히 삼촌이 철저하게 조사를 했을 테지만, 어쨌든 그를 죽이러 갔다가 실종된 거니까 확인해두고 싶었다.

– 혹시 이 사람 알아요?

나는 다짜고짜 그에게 아빠의 사진을 내밀었다.

– 저 건너편 동에 살던 사람이구나. 몇 번 같이 낚시 간

적이 있어서 기억나는구나.

그는 사진을 가만히 들여다보더니 그렇게 대답했다. 그는 나한테 누구냐고 물었고, 나는 아들이라고 대답했다. 더 이상 소득은 없었다. 그의 말로는 아빠는 몇 달 정도 건너편 동에 살다가 갑자기 보이지 않게 됐다고 했다.

돌아오면서 생각해보니 아빠와 같이 낚시를 갔었다는 게 이상했다. 아빠는 표적 주변을 맴돌 뿐 대화를 하지는 않는다.

– 무슨 얘기를 했나요?

나는 다음 날, 다시 찾아가서 그렇게 물었다.

– 글쎄. 정치인 욕도 하고, 물고기 얘기도 하고, 회사 다닐 때 얘기도 하고, 그랬던 것 같구나.

그가 대답했다.

– 혹시 다른 거 생각나는 거 있으면 이 번호로 연락주세요.

그게 벌써 5년 전이다. 그에게 연락이 온 적은 없다. 나는 요즘도 가끔씩 그 아파트에 가서 그가 아직 그곳에 살고 있는지 확인한다. 나는 그에게 정말로 묻고 싶은 것을 묻지 못했다.

− 어떻게, 아직도 살아 계세요?

삶의 계획이 하나씩 어긋나다 보니 죽음에 관한 계획도 어긋나버린 걸까. 어떤 식으로든 그는 아빠의 실종과 연관이 있다. 실패한 암살은 반동이 큰 법이니까.

#마더

엄마의 콜사인은 마더다. 형을 가졌을 때, 평범한 게 좋다며 그렇게 정했다고 한다. 킬러인 시부모를 모시고 산다는 것, 자살 전문가인 남편과의 결혼 생활, 무엇보다 아이 셋을 킬러로 키운다는 것이 얼마나 힘들지 나는 잘 상상이 가지 않는다. 하지만, 아마도 엄마는 한 줄로 이렇게 요약할 것이다.

시집살이의 어려움.

마더는 직접 임무를 수행하는 일은 거의 없다. 주로 의뢰를 취합하고 배정하는 일을 한다. 메일로 들어오는 의뢰의 경우 8할 정도는 장난이기 때문에, 의뢰의 진위 여부를 파악하는 데 대부분의 시간을 쓴다. 가장 큰 역할은 후진을 양성하는 것이다.

엄마는 형과 누나를 훌륭한 킬러로 키웠다.

이제 나만 잘하면 된다.

아이 한 명을 키우는 데 마을 전체가 함께 노력해야 한다고 하는데, 한 사람의 킬러를 키우기 위해서는 사회 전체가 협력해야 한다. 살인은 매우 극단적인 행위라서 억지로 시킬 수는 없다. 스스로 납득하지 않으면 절대로 킬러가 될 수 없다. 나는 별로 킬러가 되고 싶지 않고, 특히 근접 살인의 전문가가 되는 것이 너무 힘들지만, 이 세상에 킬러가 필요하다는 것은 확실하게 이해하고 있다.

엄마는 내가 아주 어릴 때부터 매일 아침 문 앞에 배달된 신문을 가져오는 일을 시켰다. 조금 특이한 심부름이었는데, 항상 신문 배달 소년이 직접 내게 신문을 건네줬다. 그것은 신문 배달 소년과 엄마의 계약이었다.

– 신문 보세요.

– 좋아. 대신 부탁이 있어. 신문을 가져올 때마다 우리 애한테 사회면의 첫 기사를 읽어주렴.

아마 그런 식의 대화가 오갔을 것이다. 우리 집에 오는 신문 배달 소년은 총 세 명이었다. 나는 아침마다 초인종 소리가 들리면 현관에 나가 그들이 읽어주는 사회면 기사 하나를 듣고 신문을 받아왔다.

신문 배달 소년들이 읽어주는 기사는 이런 것들이었다.

— 장사가 잘되자 임대료를 800% 올린 건물주에게 가게 주인이 망치를 휘둘러 감옥에 갔다.

— 50살이나 어린 회장의 손녀딸에게 몇 년간 욕설과 폭행을 당하던 운전기사가 술을 마시고 유치원 버스를 들이박았다.

— 사장에게 매달 뺨을 맞던 만년 과장이 한강 다리에서 뛰어내렸다.

— 선배들에게 집단 성폭행을 당한 여고생이 실리카겔과 쥐약을 섞어 먹고 혼수상태에 빠졌다.

— 교수의 폭언에 시달리던 조교가 강의실에 휘발유를 뿌리고 불을 질렀다.

엄마는 형과 누나가 어릴 때도 똑같은 일을 시켰다. 할머니의 증언에 따르면 우리 집에 신문을 배달하던 소년들은 모두 훌륭한 사람이 되었다. 할머니 기준에서 훌륭한 사람이 어떤 건지는 나도 잘 모르겠다.

– 만약 그들이 우리에게 의뢰를 했다면 어땠을까?

내가 신문을 가져오면 엄마는 그렇게 물었다.

누군가 사람을 죽이지 않으면 더 많은 사람이 죽는다.

이 세계는 아슬아슬하게 유지되고 있다.

세상에는 킬러가 필요하다. 특히 우리나라에는 앞으로 더 필요해질 것이다. 흔히 청소년을 국가의 미래라고 부른다. 나는 중학교와 고등학교를 다니면서 우리 반과 우리 학교 아이들을 지켜봤다. 그들이 이 나라의 미래라고 생각하니 정말 참담했다.

마더는 좀처럼 임무를 맡지 않지만, 한번 일을 시작하면 누구보다 신속하고 완벽하게 표적을 처리한다. 마더는 암기술의 전문가다. 단검이나 표창 같은 원거리 무기부터, 바늘과 머리핀, 쇠구슬로도 간단하게 사람을 죽인다.

마더는 평소에도 머리핀을 수십 개나 꽂는 올림머리를 하고 다니고, 진주 목걸이로 위장한 티탄 합금 목걸이를 걸고 있다. 귀걸이와 팔찌, 반지도 모두 암기로 사용할 수 있는 것들이다. 그리고 주머니에 항상 500원짜리 동전을 넣고 다닌다.

몇 달 전에 우리 학교 미술 선생이 3학년 선배와 사귀다가 헤어진 적이 있었다. 선배는 임신을 했고, 미술 선생은 강제로 낙태를 시켰다. 우울증에 시달리다 몇 번의 자살 기도를 한 선배는 마더에게 메일을 보냈다.

다음 날, 미술 선생은 고가다리 밑의 공원에서 두 눈에 500원짜리 동전이 박힌 채로 발견되었다.

아빠가 사라지고 일 년이 조금 지났을 때, 엄마가 이상한 말을 한 적이 있다.

일요일이었고 온 식구가 모여서 저녁을 먹고 있었다. 메뉴는 할아버지가 만든 아귀찜이었다.

– 막내는 조심성이 없구나. 할애비가 독이라도 넣었으면 어쩌려구?

밥을 반쯤 먹었을 때, 할아버지가 말했다.

– 괜찮아. 여기 독이 들었고, 내가 먹고 죽으면 엄마가 반드시 할아버지를 죽일 테니까. 이 음식에는 독이 안 들었어.

내가 말했다.

– 아직 멀었구나. 먹고 바로 효과가 있는 독만 있는 게 아니다.

– 그치만 할아버지가 날 죽일 이유가 없잖아?

나는 계속 아귀찜을 먹었다.

– 아버님, 쓸데없는 소리 그만하고 좀 더 드세요.

엄마가 끼어들었는데, 정작 쓸데없는 소리는 엄마가 했다.

– 너희 셋 중 한 명은 내 친자식이 아니야.

엄마가 말했다.

– 그래서요?

형이 말했다.

– 아니 그냥 그렇다구.

엄마가 말했다.

누나는 관심 없다는 듯이 콩나물을 집었다.

– 그럼 누구 자식인데?

반응을 한 건 나뿐이었다.

– 몰라. 네 아빠가 어느 날, 갑자기 데려왔어.

엄마가 말했다.

나는 어쩐지 그 셋 중 한 명이 나인 것 같아서 불안했다.

– 그리고 사실, 네 아빠는 내가 죽였어. 계속 날 죽이려고 해서 자기 방어 차원에서 어쩔 수 없었단다.

엄마가 계속 말했다. 잠시 정적이 흘렀다.

- *시체는요?*

형이 물었다.

누나가 젓가락을 내려놨다.

- *다 먹었으면 치우자. 좀 도와주렴.*

엄마는 아귀의 뼈만 남은 냄비에 접시를 차곡차곡 쌓아서 싱크대로 갔다.

그날 이후로 한동안 할아버지는 음식에 독을 넣었다는 농담을 하지 않았다.

진정성

문하생이 대부분 학생이기 때문에 도장이 가장 붐비는 날은 토요일이다. 학생들이 합기도를 배우는 이유는, 그들의 부모가 잘못 번역된 문장을 믿고 있기 때문이다.

– 건강한 육체에 건강한 정신이 깃든다.

원래 원문은 로마의 풍자 시인 유베날리스가 한 말인데, 정확히 번역하면 '건전한 육체에 건전한 정신까지 깃들면 바람직할 것이다'가 된다. 풍자니까 당연히, 그런 경우는 거의 없다는 것을 비꼬는 말이다. 힘이 강한 사람들은 대부분 정신이 썩었다. 그것은 인류 역사의 곳곳에서 확인되는 사실이다.

모두 부모가 시켜서 배우는 것은 아니다. 장차 경호원이 되기 위해 미리 수련을 하는 아이도 있고, 날카로운 눈매 탓에 자주 싸움에 휘말려서 호신 차원에서 배우는 아이도 있다. 도복 중에 합기도 도복이 제일 멋있다는 이유로 오는 형도 한 명 있다.

킬러가 되려고 오는 것만 아니면, 어떤 이유로 오든 삼촌은 같은 돈을 받고 같은 기술을 알려준다.

– 여러분이 이길 수 있어도, 사과해서 피할 수 있으면 피하세요.

수업이 끝나면 삼촌은 항상 같은 말을 한다. 전직 킬러가 하기에는 너무 평화주의자 같은 말이다. 매달 월세를 내야 하는 합기도 도장의 관장으로서는 당연히 해야 하는 말인지도 모른다.

어느 토요일, 삼촌이 하는 말의 진정성을 확인할 기회가 있었다. 평소처럼 도복을 챙겨서 도장에 갔는데, 건물 앞에 검은색 승용차와 승합차들이 건물을 포위하듯이 주차되어 있었다. 올라가 보니 문하생들이 도장 안에 들어가지 못하고 복도에서 창문으로 도장 안을 들여다보고 있었다.

– 무슨 일이야?

내가 묻자 옆에 있던 아이가 조용히 하라고 손짓을 했다. 그 아이의 시선을 따라 도장 안을 살펴보니, 삼촌이 양복을 입은 30명 정도의 사람들에게 둘러싸여 있었다. 딱 봐도 험악한 분위기 같았다.

나는 구경하는 아이들을 헤집고 도장 안으로 들어갔다. 삼촌은 눈과 턱으로 왜 들어왔냐는 신호를 보냈다. 삼촌이 걱정돼서 들어간 것은 절대로 아니다. 내가 들어간 이유는 양복을 입은 사람들을 살려주기 위해서였다. 내가 가까이에서 보고 있으면 삼촌이 조금 더 힘 조절에 신경을 쓸 테니까.

– 이게 다 무슨 일이야?

내가 물었다.

– 어떤 여자를 구해줬어.

삼촌이 대답했다.

삼촌은 불법 감금되어 있는 어떤 조직의 보스의 아들의 세 번째 애인을 구출했다. 그 여자가 우리 도장에 다니는 초등학생의 이모였기 때문이다. 구출 과정에서 조직의 보스의 아들의 팔과 다리, 쇄골이 부러졌다.

– 한 명도 죽이지 않았어.

삼촌은 자랑스럽게 말했다. 어떤 사람에게는 죽이는 것보다 죽이지 않는 게 더 어려운 일이다.

내 안전을 위해서였는지, 삼촌이 먼저 양복들을 공격했다. 삼촌은 정확하게 손바닥 밑 부분으로 턱을 가격했다. 맨손 격투의 정석이다. 테이핑이나 글러브를 하지 않은 맨주먹으로 사람을 때리면 손가락을 다칠 수도 있다. 삼촌처럼 팔이 긴 사람만 가능한 기술이다. 나처럼 팔이 짧으면 품 안에 파고들었다가 붙잡힐 수도 있다. 붙잡히면 기술을 쓸 수가 없다. 단순한 체중 대결이다. 씨름이 왜 비인기 종목이 됐는지 생각해보면 쉽게 알 수 있다.

한 사람에 1초씩, 5초 만에 다섯 명이 기절했다. 다섯 번째 사람은 괜히 주먹을 휘두르는 바람에 오른팔이 부러졌다. 팔꿈치가 완전히 꺾여서 다시는 동네 야구 투수도 할 수 없게 되었다.

사실, 아무리 강해도 다대일로 싸워서 이기는 것은 논리적으로 불가능하다. 정면에서 상대를 마주하면 아홉 방향에서 공격이 날아올 수 있다. 좌, 우, 위, 아래, 양방향의 사선, 그리고 정면이다. 웬만한 고수가 아니고서는 상단 돌려차기나 호를 그리는 훅 형태의 지르기를 할 수 없을 테니

두 방향을 빼도, 일곱 곳을 막아야 한다. 바로 공격하는 것이 아니라 몸 전체로 밀고 들어와서 허리나 다리를 잡을 수도 있다. 그런 공격이 사방에서 온다. 동시에 스물여덟 개의 방향을 막아야 한다는 뜻이다. 그러니까 절대로 혼자서 여러 명을 상대로 이길 수는 없다. 두 개씩 밖에 없는 팔과 다리로 스물여덟 방향을 막고 반격할 수는 없으니까.

그런데 현실에서는 혼자서 여러 명을 상대로 이기는 경우가 종종 있다. 학교마다 17대 1로 싸웠다는 전설의 선배가 있고, 전 세계의 온갖 문헌 속에 수십 명을 상대로 싸워 이기는 무사들이 등장한다. 과장됐겠지만, 장판교에서 혼자 100만 명을 막았다는 장비의 일화도 있다. 무엇보다 내 눈앞에서 삼촌이 혼자서 30명을 가볍게 쓰러뜨리고 있었다.

이치를 따져보면 불가능해 보이는 일이, 현실에서 가능한 이유는 이치를 구성하는 숫자 하나하나가 감정을 가진 사람이기 때문이다. 자신의 동료가 압도적인 힘과 기술에 쓰러지는 것을 보면, 남은 사람은 겁을 먹는다. 공포에 사로잡힌 인간은 평소처럼 움직일 수가 없다. 자기도 모르게 뒷걸음질을 치거나 긴장해서 몸이 굳어버린다. 쓰러지는 동료가 늘어날 때마다 공포는 배가된다. 그렇게 되면 사람이 아무리 많아도 소용이 없다. 샌드백을 치거나, 마네킹을 쓰러 뜨리는 것과 마찬가지다.

  - 또 찾아오면 돌아갈 수 없을 거야.

삼촌은 마지막 마네킹을 기절시키지 않고, 하단 돌려차기로 주저앉힌 후에 귀에다 대고 그렇게 말했다. 그 말을 할 때의 삼촌은 한창 현역으로 활동할 때의 표정이었다. 옆에 있던 나까지 팔에 소름이 돋았다.

무술에 대한 헤겔의 정의는 단순하다.

서로 치고받는 것은 싸움이다.

맞지 않고 상대를 공격하는 것이 무술이다.

인간의 육체를 연구하는 첫 번째 분야는 의학이다. 다소 우려가 있지만, 다행히 근래에 들어 의학은 신비주의와 감각적 경험론을 벗어나 과학의 체계를 갖추기 시작했다. 유의미한 연구와 저술들이 많이 나오고 있다. 기술의 발전과 함께 빠른 속도로 발전할 것이다.

두 번째 분야는 무술이다. 정지된 인간을 연구하는 의학과 달리, 무술은 인간의 움직임을 탐구한다. 인간은 투쟁하는 존재다.

무술이 전쟁에서 쓸모가 있을까? 이 질문에 대해서는 연구자들, 전쟁을 경험한 사람들도 의견이 분분하다. 역사적으로 많은 나라가 군인들에게 무술을 가르쳤지만, 그 효과가 객관적으로 입증된 적은 없다. 병력의 많고 적음과 무기의 성능, 군대의 사기가 병사 개개인의 전투력보다 승패에 훨씬 더 큰 영향을 주기 때문이다. 통계적으로 무술을 배운 병사와 농사를 짓다 갑자기 징집된 병사의 생존율은 똑같다. 전쟁에서 죽고 사는 것은 단지 운이다. 하지만, 무술이 전쟁터에서 생겨난 것만큼은 분명한 사실이다.*

헤겔의 정의대로라면 삼촌은 완벽한 무술을 선보인 셈이다.

– 사과해서 피할 수 있으면 피해야 된다고 하지 않았나요?

양복들이 떠나고 수업이 재개되자, 한 아이가 손을 들고 그렇게 물었다. 내가 묻고 싶었던 말이었다.

– 잘못한 게 없을 때는 사과하는 게 아닙니다.

삼촌이 대답했다. 정말 말이란 하기 나름이다.

우습게도 그날 일이 동네와 근처 학교에 소문이 나면서,

도장에 등록하는 문하생이 몇 배나 늘어났다. 나도 몇 번 들었는데, 들을 때마다 이야기가 부풀려져 있었다. 내가 마지막으로 들은 소문은 우리 반 아이들이 점심시간에 대화하는 것을 들은 거였다.

– 사거리 앞에 합기도 도장 관장이 장풍으로 깡패 100명을 기절시켰대.

– 진짜? 짱이다.

대한민국의 미래는 암담하다.

* 게오르크 빌헬름 프리드리히 헤겔, 『합기도 입문』, 시대정신, 1998, 서문

#미네르바

　형은 미래가 암울한 이 나라의 검사다. 예로부터 킬러들은 정부와 긴밀한 협력관계에 있었다. 의뢰를 받는 경우도 많았고, 직접 관직에 나가서 이용하기도 했다. 국가에 대한 정의는 관점마다 다르겠지만, 킬러 입장에서 보자면 국가란 사람을 죽이는 데 필요한 각종 정보와 권한을 집대성해놓은 것이다. 어쩌면 우리 선조들은 나중에 이런 식으로 이용하려고 나라 세우는 것을 도와줬는지도 모른다.

　수사기관을 통하면 표적에 대해 많은 것을 알 수 있다. 기본적인 인적사항부터, 전과기록, 4대 보험 가입 현황……. 표적을 범죄 용의자로 만들면 차량 조회와, 계좌 추적, 휴대전화 위치 추적도 할 수 있다. 표적의 주변 환경을 탐문하기도 쉽다. 우리나라 사람들은 대체로 공권력에 협조적이다. 검사 신분증을 보여주면 CCTV 영상과 차량 블랙박스를 쉽게 복사해준다.

무엇보다 형의 가장 큰 역할은 사후 뒤처리를 하는 것이다. 드물지만 시체를 없애야 하는 경우도 있고, 현장에 남은 우리 가족의 흔적을 지우는 경우도 있다. 살인이 명백할 경우 끈질기게 수사를 하는 경찰들도 많다. 그들의 추적을 방해하는 것도 형이 하는 일 중 하나다.

나는 형이 어떤 식으로 시체를 없애는지 모른다. 몇 번 물어본 적이 있는데, 확실하게 대답해주지 않았다.

– 저번에 실종으로 처리한 사람, 시체는 어떻게 했어?

내가 물었다.

– 보통, 사람이 죽으면 어떻게 하지?

형이 반문했다.

– 태우거나 땅에 묻거나.

내가 대답했다.

– 나도 똑같아.

형이 말했다.

형은 강원도에 참나무 숲과 숯가마를 소유하고 있다.

형의 콜사인은 미네르바다. 로마 시대의 여신 이름인데, 전쟁과 시, 의술, 지혜, 상업, 기술, 음악의 신이다.

– 한 명의 여신이 그 많은 분야를 관장한다는 게 재밌잖아.

내가 왜 그런 콜사인을 정했냐고 묻자 형은 그렇게 대답했다.

그리스 로마 신화의 신들은 인간의 형상을 따라 만들어졌다. 미네르바는 인간의 복합성을 표현한 신일 것이다. 전쟁터에서 시를 읊고, 의술로 장사를 하고, 음악을 기술로 바꿔버리는 그런 존재가 사람이다. 형은 결과가 중요한 사람이라, 아무리 훌륭한 예술도 돈을 받고 팔면 장사라고 생각할 것이다. 아름다운 시도 전장에서 장군이 읊조리면 그건 전쟁의 일부다. 복잡해 보이는 것들을 단순하게 정리하는 것, 어쩌면 그것이 지혜인지도 모른다.

미네르바는 사고사 전문가다. 죽이고 사고로 위장하는 경우도 있고, 부러 사고를 내서 죽이는 경우도 있다. 물어보면 어차피 결론은 죽음이니 어느 쪽이든 상관없다고 대답하겠지만, 내가 보기에는 진짜 사고가 나서 죽는 쪽을 더

선호하는 것 같다.

미네르바는 대학교 1학년 때 첫 임무를 맡았다. 직접 가져온 의뢰였는데, 대학교 동기의 아버지를 죽이는 일이었다. 표적은 30대 기업에 포함되는 대기업의 총수로, 유산 문제로 가족 대부분이 그가 죽기를 원했다.

– 내가 배다른 동생이 일곱 명이야. 어제 한 명 더 생겼어. 1년에 한 명씩 생기는 것 같아. 이러다간 동생이 30명쯤 생기지 않을까?

표적의 아들은 그렇게 말했다. 요구 사항은 하나뿐이었다. 시간이 오래 걸려도 좋으니 최대한 자연스러운 사고로 위장해달라고 했다.

미네르바는 바로 임무에 착수했다. 그리고 작년에 표적이 죽었다. 13년 만이었다. 미네르바는 의뢰인에게 나머지 돈을 내라고 연락을 했다. 얼핏 들으니 이미 착수금으로 상당한 금액을 받은 모양이었다.

우리가 표적을 처리할 때마다 돈을 받는 것은 아니다. 의뢰인들은 대부분 원한이나 사회·경제적 이유로 누군가를 죽여 달라고 하는데, 원한을 갖고 있는 사람들은 대부분 약하고 돈이 없는 사람들이고, 사회·경제적 이유는 말할 것도 없다. 의뢰인의 눈물 한 방울이 임무의 대가일 때도 있고, 특정한 물건이나 약속을 받을 때도 있다. 전에 엄마는 미술 선생을 처리하고 고래 모양의 추상화를 한 장 받았다. 제니는 주로 의약품이나 무기를 받는다. 한 가지 예외가 있다. 돈 때문에 누굴 죽여 달라고 하면 돈을 받는다. 아주 많이. 현실적으로 킬러 집단을 운영하려면 자금이 필요하기 때문에 어쩔 수 없다.

가끔 임무를 완수했는데, 돈을 안 주는 의뢰인이 있다. 그럴 경우 그들은 돈을 줄 때까지 공포를 체험하게 된다. 언제든 죽일 수 있다는 경고다. 베개 옆에 칼을 꽂아두는 고전적인 방법부터, 딱 죽지 않을 만큼의 독을 음식에 넣기도 하고, 자동차 브레이크 선을 자르기도 한다. 몇 년 전에 할머니는 정유 회사 회장이 돈을 주지 않아서 일산에 있는 유류 저장 창고를 통째로 폭파시켜버렸다.

미네르바의 동기도 돈을 안 주려고 했다.

– 아버지는 등산 갔다가 낙상사고로 죽었어. 진짜 사고라고.

의뢰인이 말했다.

– 회장님이 언제부터 산에 갔어? 왜 갔을까?

미네르바가 말했다.

약간의 경고 끝에, 의뢰인은 상속받은 주식의 절반을 팔아서 입금했다. 형은 그 돈의 절반을 엄마에게 주고, 나머지 반은 대한산악연맹에 기부했다.

― 낙상사고 예방 활동에 써 주세요.

사실, 미네르바가 한 일은 매년 봄, 가을에 회장이 보는 신문 사이에 등산 잡지를 끼워 넣은 게 전부다. 그 사이 의뢰인의 동생은 열한 명까지 늘어나 있었다.

기한을 정하지 않고 누군가를 죽여 달라고 의뢰하는 것은 멍청한 짓이다. 형의 방식대로 말하자면, 사람은 결과적으로 모두 죽는다. 애초에 자연스러운 죽음 같은 것은 없다.

인간의 죽음은 모두 인위적이다.

얼마 전, 미네르바는 30년 전에 곗돈을 들고 도망간 계주를 죽여 달라는 의뢰를 받았다. 표적은 50여 명의 곗돈을 들고 일본으로 도망을 갔다. 덕분에 세 명이 자살하고, 아홉 부부가 이혼을 했다. 의뢰인은 그때 어머니가 자살하고 아버지마저 급성 알코올 중독으로 죽어, 고아원을 떠돌다가 지금은 형이 자주 가는 식당의 주인이 된 여자였다.

– 다행히 별로 행복하게 살고 있지는 않더군요.

의뢰인은 불필요한 사족을 덧붙였다. 표적은 남편과 함께 일본으로 건너갔다가, 남편이 슬롯머신 사기를 당해 전 재산을 날리고 도망치듯 한국으로 돌아와 10년 전쯤부터 제주도에서 해녀 일을 하며 살고 있었다. 도둑은 언제나 더 큰 도둑에게 자기 것을 도둑맞고, 사기꾼은 더 큰 사기꾼에게 사기를 당한다.

– 불행하게 살고 있으면 복수 안 해도 되는 거 아냐?

나는 형한테 그렇게 물었다.

– 평범한 사람은 안 그래.

미네르바가 말했다. 원수를 사랑하고 용서하는 사람, 잔혹한 복수를 했더니 오히려 공허하더라고 고백하는 사람, 그들은 신화 속의 존재이거나 비범한 영웅이다. 평범한 사람은 절대로 원수를 용서하지 않고, 복수를 하고 나면 그제야 단잠을 잔다. 킬러는 평범한 사람들을 위해 일한다.

며칠 뒤에 표적은 물에 빠져 죽었다. 사고가 나도록 유도했을 수도 있고, 사고를 일으켰을 수도 있다.

– 해녀가 물에 빠져 죽으면 의심받지 않을까?

내가 물었다.

- 해녀니까 물에 빠져 죽을 수 있는 거야.

미네르바가 대답했다.

듣고 보니 맞는 말이었다. 흔히 원숭이도 나무에서 떨어진다는 말을 사용하지만, 원숭이니까 나무에서 떨어지는 거다. 사자나 기린, 코끼리는 나무에서 떨어질 일이 없다. 휴가철도 아니고, 해수욕장이 아닌 곳에서 바다에 들어가는 사람은 거의 없다. 혹시 들어가더라도 해녀들처럼 깊이 잠수하지 않는다. 찾아보니 생각보다 익사하는 해녀들이 많았다. 그들은 잠수병과 폐 질환, 이명에 시달리고 있었고, 고령화되어 사고 위험이 높았다.

- 사고는 사람이 일으키는 게 아니라, 구조가 만드는 거야. 난 그걸 이용할 뿐이고.

미네르바가 말했다.

공교롭게도 헤겔은 미네르바를 언급한 적이 있다. 놀라운 일도 아니다. 사람은 오래 살다 보면 이런저런 말을 많이 한다. 아마 헤겔은 '내 양말 어디 있어?' '똥 마려' 같은 말도 했을 것이다.

- 미네르바의 부엉이는 황혼이 저물어야 그 날개를 편다.

유명한 『법철학』의 서문에 나오는 말이다. 부엉이가 야행성이라는 생태에 관한 말은 아니고, 철학은 현상이 일어난 후에 비로소 그 의미를 탐색할 수 있다는 것을 상징하는 말이란다. 아마 헤겔은 형과 비슷한 성격이었을 것이다.

– 열심히 하지 말고 잘해.

내가 삼촌의 도장에 다니는 것을 알고 형은 그렇게 말했다.

#완전범죄

수사기관은 언제나 공식적으로 세상에 완전범죄는 없다고 말한다. 범죄를 억제하기 위한 경고일 수도 있고, 자신들의 유능함을 자랑하는 말일 수도 있다. 수사기관의 입장에서 완전범죄는 없을 수밖에 없다. 범죄는 수사기관이 범행을 인지해야 성립하는데, 완전범죄가 있다면 범인 말고는 아무도 범행이 일어났다는 사실을 알 수가 없으니까.

일 년 전, 형은 증거가 하나도 없는 유괴 사건을 담당하게 됐다. 어린이 유괴 사건은 상부의 지시 없이도 검경 합동 수사를 바로 진행할 수 있다. 결재를 기다리다가 아이가 죽으면 아무도 책임질 수 없으니까. 형은 바로 현장으로 갔다. 아이는 일곱 살, 아이가 유괴됐을 거라고 추정되는 장소는 할머니의 집이었다. 집은 완벽한 밀실이었고, 외부에서 출입한 흔적은 전혀 없었다. CCTV에는 아이가 할머니와 함께 건물로 들어가는 장면은 있었지만, 밖으로 나오는 장면은 없었다. 아니, 애초에 아이와 할머니 이외에 건물로 출입한 사람 자체가 없었다. 경비원만 몇 번 찍혔을 뿐이었다. 건물 주변에 세워진 차량들의 블랙박스에도 특이사항은 없었다. 당연히, 목격자도 없었다.

국립과학수사원에서 집안을 샅샅이 조사했지만, 쪽지문 하나 나오지 않았다. 할머니가 낮잠을 자는 사이에 아이가 사라졌는데, 달라진 것은 베란다로 이어진 창문이 열려 있었다는 것뿐이었다.

- 확실하게 잠근 것이 맞습니까?

수사관이 물었다.

- 네 확실해요.

할머니가 대답했다.

아이가 열기에는 창문의 잠금장치 위치가 높았다. 수사관은 외부에서 열 수 있는 잠금장치가 아니라고 말했다. 형은 "그렇군요"라고 대답했지만, 그 말에 동의하지는 않았다. 검사가 아닌 사고사 전문가의 시각에서 보면 그 정도 잠금장치를 열고 닫는 것은 기초 중의 기초였다. 형은 혹시나 하는 마음에 옥상에 가봤지만, 옥상에도 아무것도 없었다.

옆 건물에 사는 공시생에게 낮에 헬기 소리를 들었다는 증언을 들은 것이 유일한 단서라면 단서였다. 공시생은 어릴 때 헬기 조종사가 꿈이었다면서, 분명 AH-64 아파치의 로터 소리였다고 말했다.

탐문을 맡았던 수사관은 공시생이 스트레스 때문에 환청을 들은 것일지도 모른다고 불신에 가득 찬 형태로 보고를 했다. 확실히 아무리 외각이라고 해도 인천 시내에 미군의 공격용 헬기가 돌아다녔다는 것은 믿기 힘든 일이기는 했다. 몇 시간 만에 공시생의 말은 사실로 확인되었다. SNS에 AH-64 아파치의 목격담과 사진이 몇 개 올라왔다.

형은 헬기에서 레펠로 베란다로 침입해 아이를 유괴해갔다는 가정을 세웠다. 그 외에 다른 방법은 없어 보였다. 형은 수사팀을 일부 나눠서 SNS 목격담을 중심으로 헬기의 행방을 조사하게 시켰다. 국방부에도 협조 공문을 보냈다.

형과 다른 수사관들은 유괴범의 전화와 국과수에서 가져

간 아이의 물건에서 뭐라도 나오기를 기다렸다. 반나절이
지나도 아무 소식도 없었다.

 ─ 검사님, 저랑 어디 좀 가시죠.

형과 함께 일하는 계장이 침묵을 깨고 말했다.

 ─ 어딜요?

형이 물었다.

 ─ 과학수사로 안 되니 오컬트 수사라도 해야죠.

계장이 대답했다. 형은 반신반의하면서 계장을 따라갔
다. 계장은 타로 카페 앞에 차를 세웠다.

갈림길.

 ─ 제정신이세요?

블랙홀과 별이 그려진 간판을 보면서 형이 물었다.

 ─ 일곱 살짜리 여자애가 잡혀갔어요. 전화를 기다리는
건 다른 경찰들한테 맡겨도 됩니다.

계장이 말했다. 계장은 얼마 전 수사 협력을 위한 세미나
에 참석했다가 국제 장기 밀매 조직이 어린아이들을 납치해
전 세계로 팔고 있다는 브리핑을 들었다고 했다. 형은 계장
에게 비슷한 또래의 딸이 있다는 것을 기억해냈다.

 ─ 주희는 잘 있죠?

형이 물었다.

– 네 아까 통화했습니다.

계장이 대답했다.

– 들어가시죠. 뭐라도 해봐야죠.

형이 말했다.

카페 안은 어두웠고, 손님은 없었다. 장미향이 카페 안을 은은하게 채우고 있었다. 카페 주인은 여자였고, 형의 예상보다 훨씬 젊어 보였다.

– 우다영입니다. 협조하겠습니다.

계장이 짧게 사정을 설명하자 그녀는 그렇게 말했다. 분위기를 보니 계장은 전에도 다영의 도움을 받은 적이 있는 것 같았다. 형은 나중에라도 계장이 수사한 사건들을 다시 검토해봐야겠다고 생각했다. 이런 방식으로 누군가를 감옥에 보낸 거라면 심각한 문제였다. 형은 다영이 타로카드를 꺼내 점이라도 칠 줄 알았는데, 그녀는 목걸이를 풀고 서울과 인천의 지도를 꺼냈다. 목걸이 끝에는 정팔면체 모양의 추가 달려 있었다.

다우징. 연금술과 마찬가지로 중세 유럽의 신비주의 중의 하나다. 형은 쓴웃음을 지었다. 수맥을 찾는 데나 사용하는 방법으로 유괴된 아이를 찾으려는 상황이 한심했다. 형은 불신 가득한 눈으로 다영의 손과 추의 움직임을 지켜봤다.

다영은 형의 표정이야 어떻든 신경 쓰지 않고 집중해서 다우징을 했다. 유괴된 아이의 사진과 지도 사이를 반복적으로 오가던 정팔면체 모양의 추는 서울 중구 위에서 갑자기 작은 원을 그리며 회전하기 시작했다. 회전 속도는 점점 빨라졌다.

– 여기에요.

계속 눈을 감고 있던 다영이 눈을 뜨면서 말했다.

– 확신합니까?

형이 물었다.

– *의심이 많은 분이군요.*

다영이 말했다.

– *검사는 의심하는 사람입니다.*

형이 말했다. 피의자라는 말 자체가 범죄를 의심받고 있는 사람이라는 뜻이다. 검사는 피의자를 의심하고 증거와 증언을 의심하고 경찰의 조서와 조사 과정도 의심한다. 끊임없이 의심했는데도 범인이라는 확신이 들 때, 기소한다.

- 다우저는 믿는 사람이에요. 믿음이 강할수록 정확하죠.

여기서 시간을 보내는 것보다는 가보는 게 낫지 않겠느냐는 계장의 말에 결국 형은 움직였다. 검찰도 경찰도 관할 구역이라는 것이 있다. 아무리 급박한 유괴 사건이라도 나중에 문제가 될 소지가 많았다. 무엇보다 그 넓은 중구에서 아이를 찾는 것은 불가능한 일이었다.

- 근처에 가면 더 정확히 알 수 있어요.

다영이 그렇게 말하면서 따라왔다. 형은 침묵으로 동의했다.

중구를 차로 빙빙 돌면서 다영은 다시 다우징을 했다. 계장이 부동산에서 쓰는 중구의 동별 지도를 구해왔다.

- 여기에요.

다시 한 번 추가 흔들렸고, 다영이 그렇게 말했다. 다영이 가리킨 곳은 작은 성같이 생긴 건물이었다.

아리투헤나 대사관.

튼튼한 철문 옆에 동판으로 양각된 글씨가 보였다.

- 북유럽의 작은 나라랍니다. 독립한 지 30년, 인구 800만.

계장이 인터넷을 검색해본 후에 그렇게 말했다.

– 확실한 증거가 있으면 모를까. 대사관을 수색할 수는 없습니다. 저 안은 법적으로 우리 영토가 아닙니다.

형은 고민했다. 증거는 고사하고 근거라고는 정팔면체 모양의 추의 흔들림뿐이었다. 들어가서 아무것도 없으면 옷을 벗어야 하는 것은 물론이고, 자칫하면 감옥에 갈 수도 있었다.

– 저는 당신을 믿지 않습니다. 제가 검사 말고 다른 일을 하는 게 있습니다. 그게 뭔지 다우징으로 맞출 수 있겠습니까? 당신이 맞추면 돌입해서 아이를 구해오겠습니다.

형이 말했다.

다영은 천천히 고개를 끄덕인 후에 타로카드를 꺼냈다. 그리고 다우징으로 카드 세 장을 골랐다.

사신, 가족, 부엉이.

– 해석해 드릴까요?

다영이 말했다. 형은 손바닥을 펼쳐 보이면서 하지 말라는 신호를 보냈다.

형은 검사가 아니라 미네르바로 행동하기로 결정했다. 미네르바는 트렁크 밑바닥에서 수면향을 꺼냈다. 할아버지가 만든 건데, 30분이면 잠실야구장을 가득 채운 3만 명의 관중을 모두 재울 수 있는 지독한 가스다.

미네르바는 계장과 함께 방독면을 쓰고 대사관으로 들어
갔다. 아이는 대사관 지하에 있었다. 비슷한 또래의 아이가
세 명 더 있었다. 수면향 때문에 아이들도 잠들어 있었다.
형과 계장은 아이들을 구해서 밖으로 나왔다. 계장은 방독
면을 벗으면서 욕을 하고는 지원 병력을 부르려고 했다. 전
화를 걸려는 계장을 미네르바가 손을 뻗어 제지했다.

– 체포해야죠?

계장이 말했다.

– 기껏해야 몇 명 추방하는 게 다일 겁니다. 우리가 들어
간 방식도 문제가 될 테고. 그럼 어디 다른 나라로 가서 또
계속하겠죠. 이건 모른 척 저한테 맡겨주세요.

미네르바가 말했다.

미네르바는 할머니에게 전화를 했다.

다음날, 조간신문에는 아리투헤나 대사관이 원인 불명의
폭발로 붕괴했다는 기사가 실렸다. 생존자 없음. 전원 사망.

한 달 뒤에, 미군의 AH-64 아파치 한 대가 훈련 중에 연
료 순환기의 동결 문제로 추락했다. 조종사 실종.

6개월 후에 휴가차 별장에 갔던 아리투헤나 대통령이 저

격당했다. 이슬람 원리주의자들의 소행으로 추정.

– 어디야?

나는 기사를 읽다가 제니한테 전화를 걸었다.

– 안전 때문에 정확한 위치는 말할 수 없어. 간단히 말해.

제니가 말했다.

– 이번에 방아쇠를 당기면서 한 말은 뭐였어?

내가 물었다.

– 라이츄.

제니가 대답했다. 악당 두목은 벼락에 맞아 죽었다. 동화 속에서나 일어나는 그런 일이 아주 가끔 현실에서도 일어난다.

– 형한테 애인이 생겼어.

내가 말했다.

– 어떤 사람이 오빠 같은 남자를 만나는지 궁금하긴 하네.

제니가 전화를 끊었다.

유괴 당했던 아이는 건강하다.

– 아무 말도 할 필요 없어. 아무것도 기억할 필요 없고.

아이가 깨어났을 때 미네르바는 아이에게 그렇게 말했다.

#리틀_보이

할머니의 콜사인은 꼬마다. 몇 번이나 이유를 물어봤는데, 특별한 이유는 없다고 했다. 할머니는 146cm밖에 안 되고, 아주 말랐고, 머리도, 손도, 발도 모두 작다. 하지만 그건 지금의 모습일 뿐이다. 할머니가 콜사인을 정한 건 1960년대라고 했다. 그때는 지금처럼 작지 않았을 것이다. 늘 굽히고 있는 무릎과 휘어진 허리를 곧게 펴면 키는 10cm 이상 늘어날 것이다. 어쩌면 할머니는 그 시대에는 키가 큰 여성으로 분류됐을지도 모른다.

내 나름대로 추측해본 이유는 이렇다. 히로시마에 투하된 핵폭탄의 코드명은 '리틀 보이'다. 할머니는 폭파 전문가니까 그 코드명을 따서 꼬마라는 콜사인을 정했을지도 모른다.

– 그건 정말 거대한 폭발이었어.

내 추측을 말하자 꼬마는 그렇게 말했다. 마치 원폭 투하 장면을 직접 본 사람 같았다.

꼬마는 화교다. 어릴 때 일본, 베트남, 태국, 필리핀 등을 떠돌면서 살았는데, 철이 들었을 때쯤 정착한 곳이 한국이었다.

– 오다가다 만났지.

내가 할아버지와 어떻게 만났느냐고 물으면 꼬마는 그런 식으로 대답한다. 평생을 함께 살 사람을 오다가다 만나는 거라면, 어딜 가든 항상 조심해야겠다는 생각이 든다.

– 젊었을 땐 꽤 미남이었어.

꼬마는 지나가듯 그렇게 덧붙였다. 잘 상상은 가지 않지만, 그랬을지도 모른다. 시대마다 미의 기준은 다른 거니까.

3년 정도 전부터 꼬마는 할아버지를 위해 취미로 고고학을 배우기 시작했다. 꼬마는 골동품과 화석을 모으고, 박물관에 자주 간다. 꼬마 덕에 나는 우리나라에 있는 모든 박물관과 왕릉, 성곽 터에 갔다.

박물관에 가면 꼬마는 잃어버린 자기 물건들을 확인하는 것처럼 모든 전시물을 하나씩 유심히 살펴본다.

왕릉에 가면 꼬마는 자기 무덤에 온 것처럼 벽에 기댄다.

성곽 터에 가면 꼬마는 무너진 성벽 틈에 몰래 돌을 갖다 놓는다.

그 모든 곳에서 꼬마는 점화된 도화선처럼 규칙적인 걸음으로 움직인다.

– 빨리 오렴.

내가 지치거나 관심 가는 게 있어서 걸음을 늦추면 꼬마는 그렇게 말한다.

– 천천히 가렴.

내가 지루해서 앞서 나가면 꼬마는 그렇게 말한다.

나는 꼬마의 시간에 맞추는 것이 힘들다.

꼬마는 박물관에서 하는 동호회에 가입했다. 가끔 경주에 가서 발굴 작업을 한다. 뾰족한 돌조각 같은 것을 땅에서 파내서 화살촉이라고 주장하는 그런 일이다. 꼬마는 화살촉에 관심이 많다. 굳이 경주까지 가지 않아도, 그런 돌조각은 할아버지의 식당 앞에도 수백만 개나 있다. 그것들이 모두 화살촉이라면 우리 선조들은 어마어마하게 많은 화살을 쐈을 것이다. 그중에는 킬러가 사용한 화살도 있을지도 모른다. 화살을 사용하는 경우는 보통 두 가지다.

사냥과 전쟁.

둘 다 뭔가를 죽이는 일이다. 화살이 표적에 명중했든, 빗나갔든 모두 죽음의 흔적이다.

나는 처음에 고고학을 배우는 일이 어째서 할아버지를 위한 것인지 잘 이해가 가지 않았다. 얼마 전 꼬마가 깨진 도자기 조각을 분류하는 것을 보다가 깨달았다. 꼬마는 조선 시대의 도자기 조각보다 고려의 도자기 조각을 더 귀하게 여겼다. 고고학도는 대상이 오래될수록 더 큰 관심을 갖는다. 할아버지가 늙어갈수록 꼬마는 조금 더 애정을 갖고 남편을 바라볼 수 있는 것이다.

결혼은 사랑과 정열에 의해 시작되는지 모르지만, 그것을 계속 유지하기 위해서는 다양한 분야의 도움이 필요하다. 이를테면 고고학 같은.

#다우저

형이 집에 결혼할 여자를 데려왔다. 내 형수님 후보는 형이 일 년 전 만난 다우저였다. 그동안 형이 연애를 안 한 것은 아니지만, 연애와 결혼은 차원이 다르다. 우리 집의 경우는 특히 더. 형과 결혼한다는 것은 킬러 집단의 일원이 된다는 뜻이니까. 힘든 일이지만, 대대로 집안이 유지된 것을 보면, 다들 어떻게든 자기 배우자를 만난 모양이다. 속된 말로 킬러도 짝이 있다.

마더는 한눈에 다영을 마음에 들어 했다.

제니는 첫인상부터 다영을 싫어했다.

다영은 제니보다 예쁘지는 않았는데, 제니보다 훨씬 매

력 있었다. 내가 보기에는 그랬다.

꼬마는 다영이 돌아가신 자기 어머니를 닮았다고 했다. 그게 좋은 의미인지 나쁜 의미인지는 알 수가 없었다.

– 3년 뒤요.

옹심이가 결혼을 언제 할 생각이냐고 묻자, 형과 다영은 동시에 그렇게 대답했다.

– 늦구나. 이유는?

옹심이가 물었다.

– 서른 이전에 결혼을 하면 불행해지는 운명입니다.

다영이 대답했다. 확신에 차 있는 말투였다.

우리는 아리투헤나 건으로 다영에 대해 들어서 알고 있었다. 형을 의심하는 것은 아니었지만, 우리는 다우징에 관한 이야기를 완전히 믿지는 않았다. 킬러는 합리적인 것을 좋아한다.

옹심이가 메밀차 다섯 잔을 따라왔다.

– 한 잔에만 독이 없다. 구토와 두통을 유발할 뿐 죽는 독은 아니야. 맞추면 너희 뜻대로 3년 뒤에 결혼하거라.

옹심이가 말했다.

다영은 목걸이를 풀어 찻잔 위에서 다우징을 했다. 그러고 나서 다섯 잔의 차를 모두 한 모금씩 마셨다.

　- 어떤 잔에도 독은 없습니다.

　다영이 말했다.

　- *까칠한 녀석이지만, 잘 부탁한다.*

　웅심이가 말했다.

　그날 이후로 다영은 자주 우리 집에 온다. 엄마와 함께 시장에 가기도 하고, 할아버지와 같이 요리도 한다. 할머니에게 오토바이 타는 법을 배우기도 한다. 누나는 다영이 집에 오면 외출하는 습관이 생겼다. 어느 날, 나는 다영에게 타로점을 봐달라고 했다.

　- *미래를 점치면 바꾸는 게 힘들어. 점치지 않으면 가능성이 무한하고. 그래도 볼래?*

　다영이 말했다. 나는 고개를 저었다. 나는 아빠의 생사를 알고 싶었다. 살아 있다면 어디에 있는지도. 죽었다는 점괘가 나올까 봐 더 물어볼 수가 없었다. 질문하는 순간 답이 생기는 거라면, 애초에 질문하지 않는 게 나을 수도 있다. 결국은 누군가 물어서 답이 생기겠지만, 조금이라도 유예하고 싶었다.

W-launcher

아빠의 콜사인은 원순철이다. 원순철은 아는 사람만 아는 그런 이름이다. 아마 배틀넷에서 스타크래프트를 해본 사람이라면 들어본 적이 있을 것이다.

스타크래프트는 아빠의 유일한 취미였다. 아빠는 매일 스타리그 동영상을 찾아봤고, 시간이 날 때마다 배틀넷에 접속해서 사람들과 대결했다.

스타크래프트2-자유의 날개를 출시하면서, 블리자드는 공식적으로 스타크래프트-브루드 워의 업데이트 서비스를 중단했다. 패치가 이뤄지지 않는 게임은 핵 프로그램의 좋은 먹잇감이다. 엄마의 온갖 잔소리에도 게임을 계속했던 아빠는 핵 프로그램 때문에 배틀넷에 접속하는 것을 주저하게 되었다.

상대가 무엇을 하는지 볼 수 있는 맵 핵을 기본으로, 일을 하지 않고도 건물과 유닛을 무한히 생산할 수 있는 미네랄 핵, 심지어 유닛을 절대 죽지 않게 만드는 무적 핵까지 등장했다. 배틀넷은 더 이상 공정한 세계가 아니었다.

– 세상은 원래 공정하지 않아.

한 번은 아빠가 맵 핵 사용자에게 항의를 했더니, 그런 대답이 돌아왔다.

– ㅗ

아빠는 그렇게 답하고, Ctlr+Alt+Delete 키를 눌러서 강제로 게임을 종료했다. 그런 식으로 게임을 종료하면, 상대방은 화면이 멈춰서 45초 동안 기다려야 한다.

아빠는 핵 프로그램 사용자들이 비겁하다고 생각했다. 세상이 원래 공정하지 않다는 말은 반칙을 일삼는 자들의 변명일 뿐이라고. 하지만, 시간이 지날수록 그 말에 반박할 힘이 없어졌다. 누군가 다시 같은 말을 한다면, 이번에는 힘없이 고개를 끄덕이게 될 것 같았다. 아빠는 세상은 공정하지 않지만, 아니 세상이 공정하지 않으니 더욱더 적어도 게

임 속의 그 세계만큼은 공정했으면 좋겠다고 생각했다.

아빠는 스타크래프트 유저들을 위한 커뮤니티에서 W-launcher의 존재를 알게 됐다. 컴퓨터 프로그래밍을 전공한 원순철이라는 사람이 만들어서 무료로 배포하는 W-launcher는 게임 시작 전에 핵 프로그램 사용자를 감지해서 알려준다. W-launcher가 있으면 핵 프로그램 사용자를 추방하고 공정한 게임을 할 수 있다. 광고도 없이 무료로 배포되는 W-launcher는 실행 창 하단에 조그맣게 후원 계좌가 적혀 있었다. 아빠는 표적을 제거할 때마다 그 계좌로 돈을 보냈다. 아빠의 통장 내역을 보면 백만 원씩 51번 이체한 기록이 있다. 한 세계의 공정함을 위한 요금으로 그 금액이 많은지 적은지는 판단하기 어렵다.

우리 반에 농구부원이 한 명 있다. 나와 말을 주고받는 몇 안 되는 반 친구다. 농구부에서는 대회가 있을 때마다 학부모들이 돈을 모아서 심판에게 준다고 한다.

- 치사한 거 아냐?

그 얘기를 듣고 나는 그렇게 물었다.

- 그런 게 아냐.

농구부가 말했다.

잘 봐달라고 심판에게 돈을 주는 게 아니라, 상대 팀이 돈을 주기 때문에 공정하게 심판을 봐달라고 돈을 준다는 거였다. 그렇게 성사된 공정한 시합에서 농구부는 항상 패배한다.

– 최선을 다했어.

지고 나면 농구부는 그렇게 말한다.

– 고생했어.

나는 박수로 농구부를 맞는다.

공정함이 승리를 보장하는 것은 아니다. 아빠도 W-launcher를 사용한 뒤로도 늘 지기만 했다.

나는 가끔 아빠의 컴퓨터로 스타크래프트를 한다. 나는 꽤 승률이 높은 편이다. 아빠처럼 실력이 형편없고, 채팅도 서툰 아저씨를 상대로 만나면 아빠와 게임을 하는 것 같은 기분이 든다.

세상의 모든 컴퓨터를 연결해 놓은 것이 인터넷이다. 그 안에서는 불가능이 없다. 시간 여행도, 차원 이동도 너무 쉬운 일처럼 느껴진다. 나보다 하루 늦은 날짜에 살고 있는 지구 반대편의 사람과도 실시간으로 대화를 나눌 수 있으니까. 어쩌면 아빠가 어딘가에서 진짜로 배틀넷에 접속했을

지도 모른다.

내 바람은 금방 깨졌다.

다영이 자신의 가게로 나를 불렀다. 불길한 예감이 들었다. 특별한 능력이 없는 사람들도 불길한 예감은 잘 맞는다. 다영은 형의 부탁으로 아빠가 있는 곳을 다우징 했다고 했다.

나는 침을 세 번 삼킨 후에 어디냐고 물었다.

– 이런 경우가 별로 없는데, 두 곳이 나왔어.

다영이 말했다. 그리고 지도를 꺼내서 보여줬다. 1:390,000,000의 축척으로 제작된 세계지도에 동그랗게 두 지점이 표시되어 있었다.

남극과 북한.

– 살아 있기는 한 건가요?

내가 물었다.

– 죽음을 뜻하는 카드는 없었어.

다영이 천천히 고개를 끄덕이면서 말했다.

나는 둘 중 어느 곳이 더 생존 확률이 높은지 생각해봤다. 크게 차이가 있을 것 같지 않았다.

나는 삼촌에게 가장 먼저 이 소식을 전했다.

– 둘 다 쉽게 갈 수 있는 곳은 아니구나.

삼촌이 말했다.

생뚱맞은 두 곳이라고 생각했는데, 의외로 남극과 북한은 공통점이 많았다.

삼촌은 먼저 남극 쪽을 알아보겠다고 했다.

남극에는 기본적으로 사람이 살지 않는다. 연구나 탐사를 위한 소수의 인원만 남극에 가 있다. 생각보다 많은 나라에서 남극에 기지와 연구소를 세워놔서 쉽지는 않겠지만, 삼촌은 최대한 조사해보겠다고 했다.

– 조사해서 아무것도 안 나오면?

내가 물었다.

– 직접 가봐야지.

삼촌이 대답했다.

만약 아빠가 남극에 있다면, 대체 거기서 뭘 하고 있는 걸까? 그러고 보니 작년 여름쯤인가 이상기후로 펭귄들이 집단 자살했다는 뉴스를 본 적이 있는 것 같다.

#청혼

집안의 불행이나, 경사는 연이어 찾아오기도 한다. 미네르바가 결혼할 여자를 집에 데려온 지 두 달도 지나지 않아서 제니가 청혼을 받았다.

제니에게 청혼한 남자는 아프리카의 나담이라는 나라의 반군 지도자였다. 나담은 35년째 군부독재에 시달리는 나라였다. 스냐크인가 하는 장군과 이름도 같은 그 2세가 대를 이어가며 대통령을 하고 있었다. 나담의 국민들은 가난하고 억압받으며 살았다. 몇 년 전부터 나담에는 혁명의 징후가 있었다. 올해 본격적으로 반군이 활동을 시작했다. 곳곳에서 작은 내전이 있었고, 곧 나라가 동과 서로 갈려서 전면적인 전쟁이 날 거라는 예측이 많았다.

제니가 소속된 국제 의료봉사단체는 나담에 캠프를 차렸다. 제니의 임무는 반군 지도자를 제거해 전쟁을 무산시키는 거였다. 혁명이 성공해서 나담이 군부독재에서 해방되고 국민들이 행복해지면 더없이 좋은 일이겠지만, 객관적으로 반군이 이길 확률은 1%도 안됐다. 반군이 이길 가능성이 20%만 됐어도 제니는 나담에 가지 않았을 것이다.

누군가는 실패하더라도 혁명을 시도한 것 자체가 훗날을 위해 유의미하다고 말하겠지만, 그건 킬러의 관점은 아니다. 우리는 죽음의 숫자를 먼저 따진다. 미래를 위한 희생은 필요하지만, 너무 많은 사람이 죽으면 미래 자체가 없다. 전쟁에서 최초로 희생되는 것은 진실이다. 일단 전쟁이 시작되면 선도 악도 없다. 시작하는 순간 양쪽이 모두 죽고 죽일 뿐이다.

제니는 그 모든 것을 납득했고, 더 많은 사람이 죽지 않도록 반군 지도자를 죽이러 갔다.

나담의 반군 지도자 이름은 난상이었다. 그는 원래 시인이었는데, 『소피아 로렌의 시간』이라는 시를 썼다가 감옥에 갔고, 탈옥해서 반군 지도자가 되었다.

제니는 출국하기 전에 난상의 시집을 구해서 직접 번역을
의뢰해 읽고 갔다.

– 대체 뭘 쓰면 종신형을 받나 궁금해서.

내가 왜 그런 번거로운 일을 하느냐고 묻자 제니는 그렇
게 대답했다.

– 그래서 알았어?

내가 물었다.

– 딱히 감옥에 갈 만한 내용은 없던데.

제니가 대답했다.

나는 제니가 시를 이해 못한 거라고 생각했다. 하지만,
제니가 놓고 간 시집을 읽어봤는데, 내가 보기에도 딱히 독
재자의 심기를 건드릴 만한 부분은 없었다. 하긴, 독재자가
시를 읽으면서 무슨 생각을 하는지는 나로서는 알 도리가
없다.

제니는 우선 의사로서 활동을 시작했다. 나담의 실태는
보도된 것보다 훨씬 심각했다. 전염병이 돌고 있었고, 물과
식량 부족으로 아픈 사람보다 건강한 사람을 찾는 게 더 힘
들었다.

제니는 진단과 처방, 수술과 수술과 수술과 수술을 했다.

그렇게 몇 주를 보내면서 난상의 위치를 파악하고 기회를 엿봤다. 의료봉사단체의 캠프가 반군 영역에 가까운 곳에 있었고, 환자 중에 반군에 가담한 사람들이 많아서 정보 수집은 쉬운 편이었다.

반군의 전력은 제니가 예상한 것보다 형편없었다. 중화기는 거의 없었고, 차량도 연료도 부족했다. 병력만 많았다. 그 지역의 주민 대다수가 반군에 가담한 것 같았다. 내 또래의 소년들도 많았고, 소총을 지팡이 삼아 걸어 다니는 노인들도 많이 눈에 띄었다. 제니는 빨리 난상을 죽여서 전쟁을 막아야겠다고 생각했다.

난상은 러시아제 지프를 타고 이동했다. 늘 사람들에 둘러싸여 있었지만, 경호가 삼엄한 편은 아니었다. 오히려 저격할 기회가 너무 많아서 언제 쏴야 할지 고민해야 할 정도였다. 그래도 누군가 주의를 줬는지, 난상은 텐트를 나설 때는 항상 방탄조끼와 방탄 헬멧을 착용하고 있었다.

저격수는 심장보다 머리를 더 많이 노린다. 인간에게 뇌가 심장보다 중요하다거나 하는 이유는 아니다. 단지 방탄 장비의 성능 때문이다. 방탄조끼는 총알의 관통을 막을 만큼 충분히 개량되어서 특수한 철갑탄을 사용해도 뚫기가 힘들다. 하지만 방탄 헬멧은 그 정도로 성능이 뛰어난 것이 별로 없다. 아무래도 헬멧은 조끼보다 무게나 두께에 제약이 있을 수밖에 없다. 방탄 헬멧은 정면에서 총을 맞으면 대부분 관통된다. 그리고 빗맞아도 잘못하면 총알의 회전력 때문에 목이 부러져서 죽는다.

제니는 총격전에서 생존율을 높이려면 우선 헬멧부터 벗어야 한다고 충고했다.

- 고라파덕.

제니가 방아쇠를 당긴다. 난상은 옆의 부하에게 뭔가를 말하려다가 옆에서 날아온 총알을 머리에 맞고 그대로 쓰러진다. 누군가 호루라기를 분다. 병력이 모이고 총알이 날아온 방향으로 무차별적으로 총을 쏜다. 하지만, 제니는 1.3km 밖에 있고, 총을 쏘자마자 자리를 이탈했기 때문에 큰 위협은 되지 않는다.

상황에 따라 어쩌면 몇 명을 더 죽여야 할 수도 있다. 지도자를 잃었다고 반군이 바로 와해되지는 않을 테니까.

제니는 혹시 모를 추격 부대를 대비해 흔적을 지우면서 크게 우회해서 캠프로 돌아온다. 막사 근처에 버려진 우물 옆에 총과 장비를 숨긴다.

숙소로 들어가자 간호사가 발을 구르며 기다리고 있다.

– 선생님 왜 이렇게 늦으셨어요. 급해요. 빨리요.

간호사가 말한다.

제니는 총상 환자가 있다는 말에 급하게 수술실로 뛰어 간다. 머리에 총을 맞고 실려 온 환자는 난상이다. 제니는 스코프 너머로 본 그의 얼굴을 정확하게 기억하고 있다. 총알이 관통되지 못하고, 머리에 박혀 있다. 방탄 헬멧 안쪽에 뭔가가 덧대어 있었던 모양이다.

제니는 긴급 수술을 한다. 의사는 환자가 누구든 최선을 다해서 살린다. 설령 그게 자신이 죽이려던 사람일지라도. 제대로 검사를 할 장비도 없지만, 제니는 눈과 감각으로 두개골에서 총알을 빼낸다. 다행히 눈에 보이는 뇌손상은 없다. 장애가 남았는지는 의식을 회복해야 알 수 있지만, 생명에 지장은 없다.

수술을 마치고 나오자 반군의 군인들이 무장을 한 채로 수술실 밖을 둘러싸고 있다. 병실에 누워 있던 환자들조차 지팡이를 짚고 나와서 기다린다. 그들의 불안하고 간절한 눈빛에 제니는 과장되게 웃으면서 입을 연다.

– 하쿠나 마타타.

제니가 말한다. 스와힐리어로 걱정하지 말라는 뜻이다.
병사와 환자들이 함성을 지른다.

제니는 자기 방으로 돌아와 위성 전화로 마더에게 연락을
한다.

– 임무는 실패예요.

제니는 간략히 사정을 설명하고 그렇게 말한다.

– 그 사람이 퇴원하면 다시 저격하면 되잖아. 나도 어제
블라우스를 빨았는데, 소매에 때가 지지 않아서 두 번 빨았
단다.

마더가 말한다. 마더는 전화를 받으면서 빨래를 개고 있
다.

– 저격수는 표적이 누구든 쏘지만, 의사는 자기가 살려낸
사람을 죽이지 않아요.

제니가 말한다.

– 좋을 대로 하렴. 그보다 너 모기향은 챙겨갔니?

마더가 말한다.

제니는 전화를 끊는다. 우리 식구 중에 마더와 그런 식의
대화를 해서 원하는 결론을 얻을 수 있는 사람은 없다.

제니는 고민한다. 이대로 전쟁이 시작되면 반군은 괴멸될

게 뻔하다. 전면전에서 패배한 반군이 산발적인 게릴라 전술이라도 펼치면, 나라 전체가 전화에 휩싸인 채로 몇 년을 끌 수도 있다. 전쟁이 끝나도 군부의 처형과 숙청이 한동안 계속될 것이다. 그렇게 십여 년간 수많은 사람들이 죽을 것을 생각하면, 지금 난상과 몇 명의 반군 지도자를 죽여서 전쟁을 막는 게 분명 더 많은 생명을 구하는 일이다.

흔히 헤겔은 전쟁 옹호론으로 비판받는다. 헤겔이 실제로 무슨 생각을 했는지는 알 수 없다. 후대의 사람들은 그가 남긴 글로 추측할 수 있을 뿐이다. 확실히 헤겔의 몇몇 발언은 전체주의적인 측면이 있다. 하지만 내가 보기에 헤겔은 단지, 전쟁을 이해하고 설명하고 싶었던 것 같다.

전쟁은 정치적 삶의 형태 중 하나이기 때문에, 이는 정치에 대한 철학적 판단의 영역에 속함이 틀림없다. 국가 활동에 대해, 평화보다 전쟁이 더 우연적인 것이라 생각할 수는 없다. 전쟁과 평화는 둘 다 국가의 실제적 활동 양식이다.

전쟁은 개인의 국가에 대한 관계에 있어서, 중요한 요소다. 전쟁은 개별적 시민들로 하여금, 자신의 실체가 광대한 전체와 결속되어 있음을 깨닫도록 한다. 이 부정과 파괴의

원동력은 공동체를 안전하게 보존해주기도 한다.*

　이틀 후에, 난상이 깨어났다.

　- 기분이 어때요?

　제니가 물었다.

　- 너무 아름다운 분이 앞에 계셔서 천국에 온 것 같습니다.

　난상이 대답했다.

　- 총알이 박힌 곳이 시신경 근처라 걱정했는데, 멀쩡한 모양이네요.

　제니가 대답했다.

　난상은 제니에게 첫눈에 반했다. 무리도 아니다. 그런 남자가 우리 동네에만 수백 명 있다. 내가 수행평가에서 써야 하는 중요한 준비물을 집에 놓고 와서 제니가 한 번 학교에 온 적이 있다. 우리 반 남학생의 3분의 1의 첫사랑은 제니다.

　제니는 예쁘다.

　어릴 때부터 연예기획사 명함을 종류별로 수집하고 다녔다. 제니에게 명함을 건네지 않은 연예기획사는 얼마 안 가서 망했다.

모든 생명체는 귀엽고 아름다운 시기가 있다. 주로 어릴 때다. 아기가 아름다운 것은 살아남기 위해서다. 귀엽고 아름다워야 누군가의 보살핌을 받아 자라날 수 있을 테니까.

제니는 여전히 아름답다.

나는 그것이 슬프다.

난상은 한 달을 입원해 있었다. 예후가 좋아도 더 오랜 안정과 관찰이 필요했지만, 나담의 상황이 급박하게 돌아가고 있었다. 한 달 동안 제니와 난상은 꽤 많은 대화를 했다.

─ 현대전은 사기나 병력만으로 이길 수 있는 게 아니에요. 승산이 없다는 건 알고 있나요?

제니가 물었다. 제니는 계속 난상을 죽일지 말지 고민하고 있었다.

─ 우리도 바보는 아닙니다.

난상이 말했다.

─ 얼마나 많은 사람이 죽을지도 알고 있나요?

제니가 물었다.

─ 목숨을 걸고서라도 하고 싶은 말이 있는 사람이 그만큼 많은 겁니다. 우리가 이렇게 외치니, 선생님 같은 분들

도 이곳에 오지 않았습니까.

난상이 대답했다.

– 만에 하나라도 이기면 어떤 나라를 만들 건가요?

제니가 물었다.

– 어떤 시를 써도 감옥에 가지 않는 나라를 만들 겁니다.

난상이 대답했다.

난상은 퇴원하면서 자기 인식표를 제니에게 주면서 전쟁이 끝나고 자신이 살아 돌아오면 결혼해 달라고 말했다. 제니는 그런 말은 승리한 다음에 하라고 하면서 인식표를 받았다.

– 그럼 승낙한 거 아냐?

내가 물었다.

– 제대로 말할 기회를 주겠다는 것뿐이야.

제니가 말했다.

– 형도 그 전쟁은 반군이 이길 가망이 전혀 없다던데?

내가 물었다.

– 나한테 생각이 있어.

제니가 말했다.

– 무슨 생각인데?

내가 물었다.

– 역지사지.

제니는 그렇게 말하고 연락이 끊겼다. 중요한 일이 있다며, 의료봉사 캠프에서 떠났다는 소식만 전해졌다.

– 아무래도 세탁기를 바꿔야 할 것 같아.

제니가 연락이 되지 않는다고 하자, 마더는 그렇게 말했다.

전쟁이 시작됐다. 아직 전면적인 전투가 벌어지지는 않았지만, 동서로 이어진 긴 전선에서 반군은 지속적으로 패하며 조금씩 후퇴하고 있었다. 세계 각국이 우려를 표명하고, 언론들이 비판을 했지만, 스냐크 2세는 내정간섭이라며 일축했다.

나는 제니가 뭘 하려는 건지 대강 짐작이 갔다. 난상이 죽으면 반군은 지도자를 잃고 와해될 가능성이 높다. 반대로, 정부군도 스냐크 2세가 죽으면 자멸할 가능성이 높았다. 대를 이어 35년이나 독재를 했다는 것은 그만큼 적이 많다는 뜻이기도 하다. 강력한 권력자가 죽었을 때, 나라가 분열되는 것은 역사를 잘 몰라도 쉽게 예측할 수 있다.

제니는 전선이 한쪽으로 밀리는 것을 역이용해서 나담의

수도로 잠입했다. 그리고 스냐크 2세를 납치했다. 멀리서 저격하는 것이 아니라 굳이 위험하고 어려운 납치를 선택한 것은 스냐크 2세에게 묻고 싶은 것이 있었기 때문이었다.

– 『소피아 로렌의 시간』이라는 시집 기억해? 그걸 쓴 시인한테 왜 종신형을 내렸어?

제니가 물었다.

– 그런 일이 있었나? 난 그냥 시집을 읽고 감동해서 이걸 쓴 사람한테 커다란 상을 주라고 말했는데, 부하들이 뭔가 착각했나봐.

스냐크 2세가 대답했다.

– 마자용.

제니는 라이플이 아니라 권총으로 스냐크 2세의 머리를 날려버렸다. 총구를 머리에 대고 쏠 때는 호흡 같은 것은 상관없지만, 습관은 쉽게 바꿀 수 없다.

제니는 그 후로 장군 몇 명과 정치인 몇 명을 더 저격했다.

– 모다피. 알통몬. 파이리.

정부군은 생각보다 쉽게 무너졌다. 사단장 두 명이 반군에 가담하자, 전세가 바로 역전되었고, 항복이 항복을 불러 혁명이 끝났다. 난상은 혁명 정부의 대통령이 되었다. 선거가 끝나기 전에 제니는 한국에 왔다.

제니가 속한 국제의료봉사단체로 매주 편지가 온다.

– 살아남았습니다. 결혼해 주세요.

제니는 답장을 하지 않는다.

제니는 빨리 다음 임무를 달라고 했다. 어딘가 멀리 가 있고 싶다고. 제니는 스코프 너머를 보는 것처럼 먼 곳을 응시했다.

마더는 최신형 드럼세탁기를 샀다.

---

* 게오르크 빌헬름 프리드리히 헤겔, 『합기도 입문』, 시대정신, 1998, p.77

#달리기

요즘 나는 신문 배달 아르바이트를 한다. 돈 때문이기도 하고, 훈련의 일환이기도 하다. 엄마는 매달 10만 원의 용돈을 준다. 턱없이 부족한 돈이다. 매점만 몇 번 다녀와도 일주일이면 다 쓴다. 엄마는 학교 앞에 파는 떡볶이 가격이 얼마인지도 모른다. 엄마에게 돈은 사람을 죽일 때 필요하고, 사람을 죽이고 나면 들어오는 무엇일 뿐이다. 할아버지와 할머니, 형과 누나가 엄마 몰래 조금씩 주는 돈이 아니면 평범한 생활을 하기도 힘들다. 어쩌면 엄마는 다른 식구들이 내게 돈을 줄 것을 예상하고 용돈을 적게 책정했을 수도 있다.

그동안은 그런대로 그냥 살아왔지만, 사고 싶은 물건이 생겼다. 한강시민공원을 따라 달리기를 하다가 어떤 연인이 드론을 날리고 있는 것을 봤다.

– *자기야. 왼쪽, 왼쪽.*

– *자기야. 오른쪽, 오른쪽.*

– *자기야. 갈매기, 갈매기.*

인터넷으로 조금 알아봤는데, 가격이 천차만별이다. 내가 원하는 고도와 속도, 카메라를 장착할 수 있는 물건은 3백만 원쯤 한다. 신문 배달을 6개월 정도 하면 드론을 살 수 있다. 요즘 『합기도 입문』을 읽다 보니, 나와 이 세계를 부감해보고 싶은 생각이 든다. 헤겔은 책상에 앉아 인간과 세계를 다 이해하고 설명할 수 있었는지 모르지만, 그런 방식은 내게는 와닿지 않는다.

하고 많은 아르바이트 중에 신문 배달을 고른 것은, 달리기 때문이다.

홍은 헤겔에게 달리기를 시켰다.

삼촌은 내게 달리기를 시킨다.

헤겔도 합기도에 입문하려는 사람들에게 달리기를 권한다.

달리기는 모든 운동의 기본이다.

우리 반의 농구부도 매일 달리기를 한다. 점프력 향상에 도움이 된다며 학교 뒤에 있는 근린공원의 계단을 올라갔다 내려오는 것을 반복한다. 하루는 나도 농구부와 함께 계단 위를 달렸다. 세 번 정도 반복하자 다리에 힘이 빠졌다. 농구부는 매일 열 번을 왕복한다고 했다.

– 이 고통스러운 훈련 뒤에는 뭐가 있어?

나는 숨을 고르면서 농구부에게 물었다.

– 승리.

농구부는 당연하다는 듯이 말했다.

– 그 후에는?

– 훈련.

– 그 후에는?

– 승리.

– 그다음에는?

– 훈련.

전에도 말했지만, 농구부는 매번 시합에서 진다. 다행인 것은 즐거워 보인다는 것이다.

달리기는 킬러의 기본이기도 하다. 독제사도, 폭발물 전문가도, 암기술사도, 저격수도, 사고사 전문가도, 모두 달리기를 한다. 죽이기 위해서는 뛰어야 한다. 살기 위해서는 뛰어야 한다. 드론으로 부감해서 내려다보면 다르게 보일지도 모른다.

신문 보급소에서는 오토바이로 배달을 할 사람을 원했다. 나는 달려서 배달하겠다고 했고, 아르바이트생을 담당하는 직원은 안 된다고 했다. 내가 계속 고집을 부리자, 직원은 나를 보급소장에게 데려갔다. 매몰차게 쫓아내지 않는 것을 보면, 아르바이트를 하겠다고 찾아오는 사람이 많지는 않은 모양이었다.

– 달려서 배달하겠다고? 혹시 운동선수야?

보급소장이 물었다.

나는 그렇다고 대답했다.

– 무슨 종목?

보급소장이 다시 물었다.

– 합기도요.

내가 대답했다.

– 어릴 때, 같이 배달하던 애 중에 권투 선수가 있었어.

보급소장이 말했다.

– 어떻게 됐어요?

내가 물었다.

– 세계 랭킹 2위까지 올라갔어. 거리가 상당해서 힘들겠지만, 열심히 해봐.

보급소장이 말했다. 옛 추억이라도 생각하는지, 할아버지가 옹심이 칼국수를 먹을 때 짓는 표정이었다.

– 잘할게요.

내가 말했다.

나는 그렇게 신문 배달 소년이 되었다.

나는 새벽 다섯 시에 보급소에 간다. 내가 배달해야 할 신문은 200개다. 가정집은 없다. 학원, 부동산, 교회, 미용실, 은행, 한의원, 같은 곳이다. 이제 신문은 뭔가를 기다리는 사람이 시간을 보내기 위해서만 읽는 물건이 되었다. 혹은 킬러를 키우기 위해서나.

신문을 받으면 나는 사회면을 펼친다. 그리고 신문 배달 소년들처럼 첫 번째 기사를 소리 내서 읽는다.

대형 프랜차이즈 카페에서 일하던 아르바이트생이 자살을 했다. 그는 하루에 여덟 시간씩, 때로는 두 시간씩 추가 근무를 하면서 매일 열심히 일했지만, 빚은 점점 늘어났다.

카드 독촉에 시달리던 그는 마지막으로 통장 잔고를 확인한 후에 자신이 살던 옥탑방 창문으로 뛰어내렸다. 유서에는 한 문장이 적혀 있었다.

－ 씨발놈들.

그에게 독촉 전화를 했던 카드회사 직원은 술을 마시며 자책을 했을지도 모른다. 말이 심했던 적은 없을까?

카페의 점장도 같은 시간에 술을 마셨을지도 모른다. 아르바이트생에게 인간적인 대우를 했는지 되돌아봤을 것이다.

그의 죽음으로 아직 살아 있는 채무자들과 아르바이트생들의 처우는 조금 더 나아졌다. 얼마 지나지 않아 다시 제자리로 돌아오겠지만, 잠깐의 휴식 정도는 주어졌다. 누군가 죽어야만 쉴 수 있는 세상에는 어쩔 수 없이 킬러가 필요하다.

그를 죽인 것은 누구일까? 어쩌면 프랜차이즈 카페의 대표, 돈을 빌려주고 이자를 받는 카드회사의 대주주들일지도 모른다. 그들은 이미 훌륭한 킬러다. 정말 아무도 모를 정도로 은밀하게, 한 명씩 사람을 죽인다.

나는 그런 생각을 하며 신문을 돌린다. 대부분의 가게가

닫혀 있다. 불이 켜진 곳은 교회뿐이다.

– 여호와를 믿는 자에게 복이 있도다.

교회 입구에 그런 문장이 적혀 있다. 그래서 나는 복이 없나 보다. 하지만, 복을 가질 수 있는 다른 방법도 분명 있을 것이다.

헤겔은 무슨 일이든 방법은 무한히 많다고 했다. 나는 그 말에 동의한다.

#합기도_입문

보통 무술 교본에는 그림이나 사진이 있다. 동작을 알려주려면 어쩔 수 없다. 정조 시대에 백동수가 만들었다는 『무예도보통지』도 그림이 반이다. 그런데 『합기도 입문』에는 단 한 장의 그림도 없다. 어떤 동작도 알려주지 않는다. 유일하게 나오는 것은 기본자세에 대한 짧은 설명이다.

바른 자세로 선다. 왼손은 주먹을 쥐고 오른손은 자연스럽게 편다. 반대라도 상관없다.*

책 후반부에 달랑 세 문장 나온다.

내가 이해한 바로는 이렇다.

어떤 동작이나 자세를 정하면 그 자체로 생각이나 움직임에 제약이 된다. 정해진 움직임이 아니라 상황에 따라 상대에 따라 자유롭게 대응하는 것이 합기도다. 중요한 것은 바른 자세로 서 있는 것이다. 헤겔식으로 얘기하자면 정립이다.

사실 제대로 이해하지는 못했다.

하늘 아래 새로운 것은 없다.

구약성경 전도서 1장에 나오는 말이다.

이런저런 무술을 섭렵해온 나로서는 저 말에 적극 동의할 수밖에 없다. 태권도, 가라테, 무에타이, 카포에라, 절권도, 태극권……, 어떤 무술도 발차기와 지르기 동작은 전부 비슷하다. 잡고, 비틀고, 꺾고, 던지는 동작도 대체로 다 유사하다. 누군가는 작은 차이가 결과를 바꾼다고 말할지도 모른다.

언젠가 제니가 총의 역사에 대해 말해준 적이 있다.

조선 시대에 승자총통이라는 무기가 있었다. 대포를 축소해 사람이 들고 다니면서 쏠 수 있는 총이다. 하지만, 승자총통으로 무장한 군사들은 임진왜란 때, 일본군의 조총부대 앞에서 무력하게 전멸했다. 화기의 위력과 사거리는 승자총통이 더 강력했다. 둘의 차이는 하나뿐이었다. 조총은 방아쇠가 있었고, 승자총통은 없었다. 그 작은 차이가 결정적인 역할을 했다.

– 어쨌든 전쟁은 우리가 이겼잖아.

미네르바가 말했다.

나도 학교에서 임진왜란은 조선이 승리했다고 배웠다. 적이 쳐들어왔다. 삶의 터전이 불타고 부서졌다. 엄청나게 많은 사람들이 죽었다. 물리쳤다. 그것이 진짜 승리인가에 대해서는 생각해볼 문제가 많다.

작은 차이가 역사를 바꿀 정도로 큰 역할을 한다고 해도, 그것이 새로운 것은 아니다. 전도서는 오래된 책이다. 오래된 책 중에서 사람들이 지금도 많이 읽는 몇 안 되는 책이다. 그런 책에 쓰여 있는 말은 반박하기가 힘들다.

헤겔은 반박하지 않고, 새로운 길을 제시한다.

하늘 아래 새로운 것은 없다. 하지만, 정신의 하늘 아래에서는 무한히 새로운 것을 만들 수 있다.[*]

『합기도 입문』에는 '정신'이라는 말이 543번 나온다. 나올 때마다 의미가 달라서, 헤겔이 정확히 무슨 뜻으로 사용했는지 알 수가 없다.

번역의 문제인지도 모른다. 십여 종이 넘는 다랑어와 새치 과의 물고기를 뭉뚱그려서 참치라고 부르는 것처럼, 헤겔은 구분해서 사용한 단어들을 모두 정신이라고 번역했을 수도 있다.

세계를 관통하는 우주적 생명력, 인간과 동식물의 공통된 힘, 인간의 감정, 의지, 사유까지 포괄적으로 정신의 계기다.

그것을 발차기에 적용시켜 보면 이렇다.

발차기는 무릎의 반동＋허리의 회전＋체중의 이동＋디딤발＋속도를 한 동작으로 합쳐놓은 기술이다. 어느 무술이나 비슷하게 움직일 수밖에 없다. 그리고 빠른 공격을 위해 모두 최단 거리를 선택한다.

중학교 수학 시간에 이런 것을 배운다.

점과 점 사이를 최단 거리로 이어 놓은 것이 직선이다.

빠르고 강한 발차기의 궤도는 직선을 추구하고, 고수나 달인일수록 한없이 직선에 가깝다.

혜겔, 합기도의 발차기 원리는 이렇다.

상대가 앞에 있다 + 발로 공격한다 + 손으로 때려도 상관없다.

반동이나, 균형, 궤도, 회전 같은 것은 아무래도 좋다. 중요한 것은 오직 정신의 자유뿐이다.

사실 나는 제대로 이해하지는 못했다.

위대한 무술가 이소룡은 이렇게 말했다.

– 나는 만 가지 기술을 연습한 사람보다 한 동작을 만 번 이상 연습한 사람이 더 두렵다.

혜겔은 이렇게 말한다.

– 동작은 적당히 연습하고, 만 가지 상황을 생각해라.

만 가지 기술을 연습하거나, 한 동작을 만 번이나 연습하면 평범한 사람은 금방 지쳐서 쓰러진다. 그런 게 가능한 건 이소룡이나 삼촌 같은 극소수의 초인 몇 명뿐이다. 평범한 사람은 각자 자신이 할 수 있는 일을 하면 된다. 합기도는 평범하고 약한 사람들을 위한 무술이다. 원래 다른 무술들도 처음에는 약자가 강자를 상대하기 위해 만든 것이다. 지금은 변질되어서 초인들이 서로 치고받는 것을 약자들은 구경만 한다.

헤겔의 정신을 온전히 이해하지 못했지만, 정해진 자세와 동작을 버리는 것만으로 나는 자유를 얻었다. 내가 편한 방식으로 움직이니, 그동안 배운 무술들도 삼촌이 알려준 급소들도 자연스럽게 체화되었다. 내가 체득한 헤겔, 합기도의 원리는 이렇다.

다른 것이 같이 있음.

신문 배달을 끝내고 드론을 구입했을 때쯤, 나는 삼촌과 대련을 할 수 있을 만큼 강해졌다.

삼촌의 손바닥이 내 턱을 향해 날아온다. 나는 뒤로 물러서면서 삼촌의 새끼손가락을 잡아당기면서 비튼다. 삼촌의 손목이 빠진다.

– 이게 무슨 기술이야?

삼촌이 손목을 끼워 넣으면서 묻는다.

– 기술이 아니야. 정신이지.

내가 대답한다.

헤겔은 상대가 달인일수록 합기도로 상대하기 쉽다고 말한다. 달인은 속도를 중요시한다. 달인의 공격은 최단 거리로 목표를 향한다. 공격 받는 입장에서 생각하면 상대의 공격이 어떤 궤도로 어디로 날아올지 알기 쉽다는 뜻이다. 안다고 다 막거나 피할 수 있는 것은 아니지만, 모를 때보다 대응하기 쉬운 것은 분명하다.

한 가지 문제가 있다. 헤겔의 합기도는 킬러에게 적합한 무술이 아니다.

죽이려 하니, 죽임을 당한다.[*]

합기도로는 나를 죽이려는 사람만 죽일 수 있다. 어쩌면 킬러에게 가장 적합한 무술일 수도 있다. 이 세계는 끊임없이 서로가 서로를 공격하니까.

[*] 게오르크 빌헬름 프리드리히 헤겔, 『합기도 입문』, 시대정신, 1998, p.156
[*] 게오르크 빌헬름 프리드리히 헤겔, 『합기도 입문』, 시대정신, 1998, p.157
[*] 게오르크 빌헬름 프리드리히 헤겔, 『합기도 입문』, 시대정신, 1998, p.202

Debut

한강에서 드론을 날리고 있는데, 삼촌한테 전화가 왔다. 급한 일이니 빨리 집으로 가라고 했다. 목소리가 좋지 않았다.

집에 가니, 할아버지, 할머니, 엄마, 형, 누나가 나를 기다리고 있었다.

– 갈아입고 와.

엄마가 도복을 내밀었다. 풀까지 먹여서 다려놓은 것 같았다. 불길한 예감이 들었다. 엄청나게 위험하고 귀찮은 일이 기다리고 있는 게 확실했다. 온몸의 신경세포가 도망치라는 신호를 보냈다. 하지만, 다섯 명의 숙련된 킬러 앞에서 도망칠 수 있는 방법은 없었다.

나는 도복을 갈아입고 차에 탔다. 마약 복용으로 멤버 전체가 감옥에 간 아이돌 그룹이 타던 밴인데, 공매로 나온 것을 미네르바가 사서 작전용 차량으로 개조했다. 방탄, 레이더, 도청, 번호판 자동 교체 기능이 있다. 아직 실제로 임무에 투입된 적은 없었다. 꼬마가 운전을 했다.

– 도련님이 너한테 의뢰를 했어.

내가 무슨 일이냐고 묻자, 엄마는 그렇게 대답했다. 누나가 고개를 끄덕여 사실이라고 확인해줬다.

– 이렇게 전부 갈 필요가 있어?

내가 다시 물었다.

– 다 같이 놀러간 적이 없잖아. 소풍이라도 간다고 생각하렴.

엄마가 말했다.

선팅이 진하게 되어 있어서, 바깥 풍경을 전혀 볼 수가 없었다. 칼처럼 각이 잡힌 도복의 주름을 펴다가 나는 잠이 들었다. 눈을 떴을 때는 어떤 창고 앞이었다. 뒤로 바다가 보였다.

입구에서 우리는 검문을 받았다. 금속탐지기가 동원되

기는 했지만, 별로 철저한 검문은 아니었다. 경호원의 사심 때문에 누나만 조금 더 철저하게 몸수색을 당했다. 그 경호원은 정말 아슬아슬하게 목숨을 건졌다. 손이 5cm만 더 위로 올라갔으면, 제니의 다음 타깃이 될 뻔했다.

어떤 목적으로 검문과 몸수색을 하는 것인지 모르겠지만, 그들은 큰 실수를 했다. 엄마의 머리핀과 동전들을 돌려줬고, 무엇보다 할아버지와 할머니를 별다른 수색도 없이 그냥 통과시켰다. 사람들은 흔히 노인을 약자라고 생각하고 방심한다. 하지만, 늙었다는 것은 관점을 조금 바꿔서 생각하면 그 험한 시간 속에서 살아남은 존재라는 뜻이다. 우리 가족 중에 가장 강하고 위험한 것은 사실 할아버지와 할머니다. 할아버지의 지팡이에는 천 명은 죽일 수 있는 독이 들어 있고, 할머니의 스카프는 재질의 80%가 폭탄이다.

우리는 삼촌이 있는 곳으로 안내받았다. 삼촌은 소파에 앉아서 중절모를 쓴 남자와 이야기를 하고 있었다. 삼촌의 대화 상대는 뉴스에서 자주 본, 내가 배달하던 신문의 실질적 소유주였다. 삼촌은 그를 회장님이라고 불렀다. 경호원이 제지하는 바람에 우리는 잠시 떨어진 곳에서 그들의 대화가 끝나기를 기다렸다.

- 자기들은 모르는 일이라고 발뺌하고 있어.

회장이 말했다.

- 제 불찰입니다. 이렇게까지 할 줄 몰랐습니다.

삼촌이 말했다.

- 다섯 번을 졌으니, 독이 올랐겠지. 그 독을 선수한테 쓸 줄은 몰랐지만.

- 전에도 했습니까?

- 맨손으로 하는 건 처음이야. 그전까진 진검 대결이었지.

- 왜 바꾼 겁니까?

- 내리 다섯 번을 이겼다고 했잖아. 상대가 안 돼.

- 압도적으로 강한 사람이 있었나 보군요.

- 검도계에 기린아가 한 명 있더군.

- 안 사범 말입니까?

- 아나 보군. 다섯 명 전부 일격에 왼팔을 잘라버렸어.

- 무도가로서는 한번 겨뤄보고 싶은 사람입니다. 듣던 것보다 더 대단하군요.

- 이 얘기를 하면 다들 그런 반응이더군. 이유를 잘 모르겠어.

- 두 번째 상대까지야 그렇다 쳐도, 세 번째부턴 왼팔을

공격할 걸 알고도 당했다는 거니까요.

– 왔나 보군.

회장이 우리가 온 것을 눈치채고 말을 멈췄다. 엄마가 등을 밀어서 나를 앞으로 내보냈다. 나는 일단 고개를 숙여 인사를 했다.

– 자네 조카라고? 이런 말 하긴 좀 그렇지만, 강해 보이지는 않는데?

회장이 나를 일별한 후에 그렇게 말했다.

– 누가 강한지 겨루는 승부라면 제 조카가 질 겁니다. 그런데 무슨 이유인지 상대 선수가 살기를 잔뜩 품고 있더군요. 죽고 죽이는 승부라면 이 아이가 이깁니다. 그런 혈통이라서요.

삼촌이 말했다.

– 다섯 번째로 왼팔이 잘린 칼잡이 동생이라서 그럴 거야. 뭐 자네를 믿으니, 자네 안목도, 말도 믿지. 빨리 준비해. 더는 미룰 수 없으니.

회장은 그렇게 말하고 일어섰다. 나가면서 할아버지와 눈이 마주쳤는데, 서로 목례를 했다. 아는 사이인 모양이었다.

– 죄송합니다. 설 수가 없어서요.

삼촌이 말했다.

– 독이구나. 찔렸는지도 모를 정도로 아주 얇은 침으로 어깨에다 넣어. 칠칠치 못한 놈.

할아버지가 삼촌의 몸을 살펴본 후에 그렇게 말했다. 할아버지는 지팡이 끝에서 갈색 환약을 꺼내 삼촌에게 먹였다.

– 약물 검사할 때, 당했나 봅니다. 같은 짓을 두 번은 안 하겠지만, 혹시 모르니 지켜봐 주세요.

삼촌이 말했다.

– 내 눈앞에서 내 식구한테 독을 쓰면, 이 건물에 있는 사람은 한 명도 살아나가지 못해.

할아버지가 말했다.

삼촌이 손짓으로 나를 불렀다. 할아버지가 준 환약이 효과가 있는 모양이었다.

– 졸업이다.

삼촌이 말했다. 그리고 간단히 상황을 설명해줬다.

삼촌은 남극과 북한을 조사하기 위해 회장과 거래를 했다. 한국과 일본의 재벌들이 국보급의 보물을 걸고 격투기 시합을 하는데, 선수로 출전하는 조건이었다. 당연히, 승리했을 경우에만 원하는 것을 얻을 수 있었다.

– 걸린 보물이 뭐냐?

할머니가 끼어들어 물었다.

– 정운의 검과 노부나가의 다기 세트입니다.

삼촌이 대답했다.

– 그런 걸 개인이 소장하고 있다니. 고얀 놈들.

할머니가 말했다.

삼촌이 간단히 규칙을 설명해줬다. 사실 설명할 필요도
없었다. 아무 규칙도 없는 게 유일한 규칙이었다. 다운도 심
판도 없었다. 상대를 전투 불능으로 만들면 승리였다.

– 죽여라.

옹심이가 말했다.

– 죽이렴.

마더가 말했다.

– 보물을 찾아와라.

꼬마가 말했다.

– 잘해.

미네르바가 말했다.

– 이겨.

제니가 말했다.

믿어주는 것은 고마운 일이었지만, 한편으로는 아무도 날 걱정하지 않는 것 같아서 서운했다.

#변증법

내 상대는 히데오라는 가라테 선수였다.

히데오는 나를 보고는 짧게 한숨을 쉬고, 왼쪽 입꼬리
를 올리면서 미소 지었다. 히데오는 키는 삼촌과 비슷했고,
체중은 20kg 정도 더 나가는 것 같았다. 몸무게는 격투기
에서 절대적인 분류지표다. 무거운 쪽이 무조건 이기는 것
은 아니지만, 일정 이상 체중 차이가 나면 상대할 수가 없
다. 120kg의 상대를 이기려면, 내 체중도 최소한 90kg은 넘
어야 한다. 나는 예전보다 훨씬 강해졌지만, 체중은 그대로
50kg이었다.

전투에서 체중은 아무런 지표도 되지 않는다. 한창 싸우

다가 상대가 나보다 무거워 보인다고 상대를 바꿀 수는 없으니까.

킬러에게 체중은 시체 처리 비용의 문제다. 시체가 무거우면 옮기는 게 힘들고, 태우든, 묻든 돈이 더 많이 든다.

시합 개시를 알리는 부저와 깃발이 올라간다. 이제 어떤 일이 일어나도 외부의 개입은 없다.

히데오의 정권이 날아온다. 나를 우습게 보고 있는 게 분명하다. 살기가 담긴 빠른 주먹이지만, 단순한 공격이다. 나는 몸을 돌려 피하면서 히데오의 팔을 잡아당기고 반대쪽 어깨를 민다. 그리고 균형이 무너진 발뒤축을 걸어 넘어뜨린다.

히데오는 황당하다는 표정으로 바로 일어선다. 이번에는 돌려차기와 팔꿈치 휘두르기의 연속 공격이 온다. 나는 돌려차기는 앞으로 뛰어들어 타격점을 빗겨 맞고, 팔꿈치를 잡아서 꺾는다. 버티는 힘이 강하다. 꺾기를 멈추고 중심이 위로 올라간 몸을 회전시킨다. 유도의 엎어치기와 비슷한 형태다.

히데오가 괴성을 지르면서 일어선다. 대미지는 전혀 없어

보인다. 단지 화가 많이 난 것 같다. 정권이 날아온다. 하단 차기와 중단 차기도 날아온다. 처음 공격보다 미묘하게 느리다. 부러 잡혀주려는 의도가 뻔히 보인다. 나는 상대의 공격을 잡는 척하면서 피하는 동작을 몇 번 반복한다. 네 번째 공격을 피한 후에는 불시에 팔을 뻗어 뺨을 때린다.

힘이 잔뜩 실린 주먹이 턱을 노리고 다가온다. 나는 뒤로 물러나 손목을 당기면서 비튼다. 뼈가 어긋나는 소리가 난다. 돌진하는 히데오의 무릎을 밀어 넘어뜨린다.

히데오는 잘 훈련된 격투가다. 모든 공격이 치명적인 급소를 향해 정확히 날아온다. 그는 나를 죽이려고 하지만, 나는 그를 죽일 생각이 없다. 관중이 있는 상태에서 사람을 죽이는 것은 킬러의 일이 아니다.

한국에서 암살로 유명한 두 사람은 조영규와 안두희다. 그들은 각각 정몽주와 김구를 죽였다. 내가 보기에 그들은 킬러가 아니라 군인이었다. 킬러는 의뢰를 받고 암살을 한다. 군인은 상부의 명령에 따라 사람을 죽인다. 내가 그들의 이름을 알고 있다는 것 자체가, 그들이 킬러가 아니라는 증거다. 킬러는 이름을 남기지 않는다. 누가 죽였는지 모르게, 때로는 누가 죽었는지도 모르게 일을 처리하는 것이 킬러다.

　삼촌은 누가 강한지 겨루는 승부라면 히데오가 이길 거라고 했지만, 내 생각은 다르다. 헤겔의 합기도는 기본적으로 지지 않는 무술을 지향한다. 강한 것은 이기는 것이 아니라, 지지 않는 것이다.

　원리는 간단하다.

　헤겔은 모순이 해소되는 두 가지 방향을 제시한다. 우선 모순은 모순 속에 휩싸여 있는 존재들을 무로 소멸시키는 부정적인 방식으로 해소될 수 있다. 서로 부딪쳐 부정적 통일 속에서 0이 되는 방식이다.

　역으로 모순을 긍정적으로 해소하고 유한자의 부정 변증법으로부터 해방되기 위해서는 모순을 부인하거나 제거하려고 해서는 안 된다. 오히려 모순을 자기 안에서 붙잡고 그 긴장을 견디면서 자기에 대한 부정을 자기 자신에 의한 자기의 부정으로 전환시킴으로써 다시 이 모순 속에서 자기 자신을 고수할 수 있어야 한다. 이러한 절대적 자기 부정성을 매개로 한 자기 자신과의 합치, 자기와의 긍정적 통일이 바로 모순의 긍정적 해소다. 그것이 주체가 탄생하는 태반이다.

정신은 처음에 미분화된 상태로 자기 내부에 머무르는 즉자로 있다가, 다음에 스스로를 부정하고 외화하여 타자와 관계하는 대자가 되고, 마지막으로 자신의 타자로부터 자기로 다시 귀환하여 즉자대자가 된다. 그것이 합기다.

히데오가 공격한다.

즉자(정립).

대자(반정립).

즉자대자(종합).

정신의 자유 아래서 나는 어떤 공격도 받아넘길 수 있다.

나는 히데오를 바닥에 쓰러뜨린다.

– 모오이치도.

쓰러뜨릴 때마다 나는 그렇게 말한다.

– 누나 일본어로 '다시'가 뭐야?

시합이 개시되기 전에 제니에게 물어봤다.

– 모오이치도.

제니가 대답했다.

– 모오이치도.

내가 말한다.

– 모오이치도.

내가 말한다.

히데오는 50번이나 바닥에 넘어졌다가 일어난다. 어깨와 손목의 관절에 충격을 주긴 했지만, 큰 피해는 아니다. 전투력으로 따지면 시합을 시작했을 때와 별반 차이가 없다. 하지만, 히데오는 더 이상 움직이지 않는다. 모든 공격이 파훼되고 되돌아오니 남은 선택은 가만히 있는 것밖에 없다. 히데오가 어떤 심정일지 대충 짐작이 간다.

헤겔은 홍과 대련을 한 후에 이런 문장을 적어 놨다.

나는 오늘 원환들의 원환을 경험했다.[*]

진리도, 모순도, 철학도, 폭력도 결국 모든 것은 자기 자신에게 회귀된다.

상대의 힘을 이용해 반격을 하는 무술은 움직이지 않는 상대에게 취약하다. 이용할 수 있는 힘이 적기 때문이다. 하지만 적은 것과 없는 것은 다르다. 움직이지 않아도 지구는 끊임없이 우리를 잡아당긴다. 사람은 그냥 서 있는 것만으로도 상당히 많은 힘을 사용한다.

나는 히데오에게 다가가 손바닥으로 턱을 들어 올리면서

왼쪽 무릎 뒤를 당긴다. 히데오는 균형을 잃고 바닥에 쓰러진다. 그리고 다시는 일어나지 않는다.

규칙을 만든 사람들이 의도한 것과는 다르지만, 누가 봐도 전투 불능의 상황이다. 나는 쓰러진 히데오에게 인사를 하고 경기장을 벗어난다.

제니가 손바닥을 내밀어 하이파이브를 한다.

미네르바가 박수를 친다.

옹심이가 머리를 쓰다듬는다.

꼬마는 내기에 걸린 보물들을 관람하느라 시합을 보지도 않은 것 같다. 고고학도의 관심을 끌기에는 나는 아직 너무 어리다.

마더가 물을 따라준다. 물이 따뜻하다.

– 운동 후에 찬물 마시면 배 아파.

마더가 말한다.

삼촌은 관람석에서 내려온 회장과 이야기를 하고 있다.

– 자네 조카 잔인하구만. 평생을 쌓아온 게 다 무너졌으니 저 사내 앞으로 살아갈 수 있겠나. 내 회사들이 하나씩 부도가 나서 전부 망하는 걸 지켜보는 기분이더군.

회장이 말한다.

– 원래 사는 것도 죽는 것도 힘든 겁니다.

삼촌이 말한다.

나는 상상도 못한 관점이다. 아직 정신의 자유가 부족한 모양이다. 회장의 말이 맞다면, 역시 나는 아빠의 아들이다. 히데오에게 약간 미안한 마음이 든다. 죽일 수 있을 때, 죽여주는 게 그를 위한 일이었을까.

– 세종기지에 사람을 보내 놓겠네. 북쪽은 시간이 조금 걸릴 거야. 거기서 가족을 찾으려고 반세기 넘게 기다린 사람도 많으니까.

회장은 그렇게 말하고 내기에 걸린 물건들을 챙겨서 창고를 벗어난다.

얼마 뒤에 신문에 임진왜란 때 전사한 정운 장군의 검을 일본으로부터 반환받았다는 기사가 실렸다. 국립중앙박물관에 가면 검을 볼 수 있다.

삼촌은 다녀올 곳이 있다며 자리를 피했고, 우리는 다시 밴을 타고 집에 왔다. 나는 돌아오는 길에도 잠이 들었다. 정신의 자유는 육체의 피로와 반비례하는 것 같다. 엄마는 그날 하루를 이렇게 종합했을 것이다.

가족 소풍의 즐거움.

* 게오르크 빌헬름 프리드리히 헤겔, 『합기도 입문』, 시대정신, 1998, p.231

#수술

킬러는 직장인보다 더 자주 건강검진을 받는다. 건강해야 더 오래 더 많은 사람을 죽일 수 있으니까. 이번 분기의 건강검진 결과, 엄마가 입원했다. 가슴에 멍울이 잡혀서 조직 검사를 했더니, 종양이라고 했다. 유방암이었다.

엄마는 이번 기회에 쉬고 싶다며 누나 말고는 아무도 병원에 못 오게 했다. 엄마가 하던 일은 남은 식구들에게 분배되었다.

내게 맡겨진 것은 의뢰의 분석과 확인, 배정이었다.

– 왜 나만 이런 거야?

누나의 전언을 듣고 나는 항의했다.

— 그게 제일 쉬운 거야.

누나가 말했다. 다른 식구들도 당연하다는 듯이 고개를 끄덕였다. 누군가를 죽일지 말지 결정하는 것은 빨래나, 청소, 요리보다 쉬운 일이다. 어쩌면 정말 그럴지도 모른다.

나는 엄마한테 전화를 걸었다.

— 괜찮아?

내가 물었다.

— 그럼. 드라마 밀린 걸 다 보고 있어.

엄마가 대답했다.

— 악당들을 죽일까?

내가 물었다.

— 세상에 악당은 없어. 그냥 각자 입장이 다른 거지.

엄마가 말했다. 전에 형이 해준 이야기가 생각났다. 오토바이 날치기 일당을 검거했더니, 훔친 돈의 대부분을 유니세프, 사랑의 열매, 심장병 어린이 돕기에 기부했더란다. 어떤 사람이 세 살부터 저지른 악행만 전부 모아 놓으면 그는 돌팔매를 맞아 죽어도 싼 사람으로 보일 것이다. 반대로 세 살부터 한 모든 선행만 모아놓으면 표창장과 감사패를 줘야 할 것이다.

언젠가 농구부는 신문기자와 인터뷰를 한 적이 있다. 꼴찌들의 도약이라는 기획이라고 했다.

– 간디 같은 분이세요.

기자가 감독님이 어떤 분이냐고 묻자, 농구부는 그렇게 대답했다. 농구부 감독은 대머리고, 아주 말랐지만 외모 때문에 그렇게 말한 것은 아니었다. 감독은 승부에 집착하지 않는 훌륭한 교육자지만, 다른 한편으로는 입시비리, 뇌물, 기록 조작 같은 일도 했다. 우리 학교 농구부가 약한 이유는 좋은 선수가 입학하면, 감독이 돈을 받고 다른 학교로 팔아버리기 때문이었다.

간디는 물레방아를 돌리며 비폭력을 외쳤지만, 운동을 하고 돌아오면 늘 아내를 두들겨 팼다. 간디의 아내는 폐렴으로 죽었다. 영국인 의사가 약물로 치료할 수 있다고 했지만, 간디는 영국인을 믿을 수 없다며 아내를 그대로 죽게 했다. 정작 본인이 말라리아에 걸렸을 때는 영국인 의사에게 주사를 맞고 살아났다.

농구부 감독은 간디 같은 사람이다. 그리고 이 세계에는 수없이 많은 간디들이 살고 있다. 엄마 말대로 세상에 악당은 없는지도 모른다. 그러고 보면 간디도 암살당했다.

- 누굴 죽여야 더 많은 사람이 살 수 있는지 생각해보렴. 그리고 형한테 꼭 드럼 전용 세제 쓰고, 섬유 유연제도 넣으라고 해. 자꾸 잊더라.

엄마는 그렇게 말하고 드라마 할 시간이라며 전화를 끊었다. 엄마는 평소와 다름없는 것 같았지만, 나는 엄마가 무서워하고 있다는 것을 알 수 있었다.

- 안전한 수술이라고 하지 않았어?

누나한테 물었다.

- 생존율이 90%가 넘으니까. 비교적 덜 위험한 수술이지.

누나가 말했다.

열 명 중 아홉 명이 살고 한 명이 죽는다면 그건 전혀 안전하지 않은 것 같았다.

- 내가 지금껏 총으로 쏜 사람, 앞으로 쏠 사람을 전부 합쳐도 나한테 수술 받고 죽은 사람의 10분의 1도 안 될 거야.

누나가 말했다.

병원은 사람을 살리는 곳이지만, 사람을 가장 많이 죽이는 곳도 병원이다.

언젠가 농구부가 마이클 조던의 인터뷰를 읽어준 적이 있다.

– 나는 슛을 실패하고, 실패하고, 또 실패했다. 그것이 내가 이번 시즌 NBA 득점왕이 된 이유다.

슛. 수술. 슛, 슛, 슛. 수술, 수술, 수술.

슛과 수술은 비슷하다. 여러모로.

#별의_계승자들

소위 단골이라고 부를 수 있는 의뢰인들은 할아버지가
많았다. 나는 그들을 모르고, 그들도 내가 상대하면 신뢰
하지 않을 테니까. 돈이나 권력만으로 우리를 움직일 수는
없지만, 그들의 이해관계가 우리의 목적과 일치하는 경우도
있었다. 권력을 잡은 사람들도 어찌 됐든 나라가 발전하기
를 바라고, 부자들도 경제가 성장하기를 원한다.

제니는 외국의 정보기관과 연관된 경우가 많고, 병원을
오가야 하기 때문에, 당분간 임무에서 제외시켰다.

나는 이메일과 우체국 사서함으로 들어온 의뢰들을 하나
씩 읽어 나갔다. 생각보다 많지 않았다. 그럴 수밖에 없는

게 여러 경로로 우리의 존재를 알리기는 하지만, 전단지를 뿌리는 것은 아니니까. 어쩌면 킬러는 의뢰를 받는 것이 아니라, 의뢰가 필요한 사람에게 접근해서 의뢰하게 만드는 것인지도 모른다.

마더가 어떤 식으로 했는지 모르지만, 나는 하나씩 모든 의뢰서를 읽는다. 명백히 장난으로 보이는 것들과 광고를 걸러낸다. 눈길을 끄는 의뢰가 하나 있다. 사서함으로 온 편지다. 처음에는 장난이라고 생각했는데, 한 글자씩 붓펜으로 정성 들여 쓴 게 마음에 걸려서 끝까지 다 읽었다.

– 저희 부부는 재작년에 운영하던 가게를 정리하고 한적한 시골로 이사를 왔습니다. 그동안 쉴 없이 일했으니 공기 좋고 물 좋은 곳에서 남은 생을 조용하고 평화롭게 보낼 생각이었습니다. 제가 사는 곳은 길도 포장되어 있지 않은 산 밑의 작은 마을입니다. 주민은 스물세 명이고 대부분 노인입니다. 교류가 없지는 않지만, 서로 크게 신경 쓰지 않고 각자 자기 일만 하면서 삽니다.

그런데 몇 달 전에 저희 집 옆의 빈집에 어떤 부녀가 이사를 왔습니다. 딸 쪽은 초등학생 정도로 보이는데 학교도 다니지 않고 아빠 옆에만 붙어 있습니다. 젊은 사람이 없는 곳이라 그렇잖아도 눈에 띄는데, 집 주변에 듣도 보도 못한 기계들을 설치해놓고, 하루 종일 쿵쾅거리며 공사를 합니다. 몇 번 항의를 하러 갔었는데, 곧 끝나니 기다리라는 말만 반복할 뿐이었습니다.

하루는 늦은 밤에 땅이 울릴 정도로 큰 소리가 나서 화가 나서 찾아갔습니다. 그리고 새로 지은 창고에서 저희 부부는 똑똑히 보았습니다. 거기에 우주선이 있었습니다.

그들 부녀는 하루 종일 알 수 없는 말을 주고받고, 밤하늘을 쳐다봅니다. 그 집에서는 폭발음 같은 게 들리기도 하고, 벼락 같은 빛이 흘러나오기도 합니다. 며칠 전에는 쇠를 긁는 소리 같은 게 나더니 집에 있던 유리컵에 금이 갔습니다. 뭔가 위험한 일을 하고 있는 게 틀림없습니다.

어릴 적 고모님이 목숨이 위험할 정도로 큰일이 있으면, 이 사서함 주소로 편지를 보내라고 알려 주신 게 기억나서 혹시나 하는 마음에 편지를 보냅니다.

그러니까 옆집에 외계인이 사는 것 같으니 죽여 달라는 의뢰였다.

- 그 말을 믿냐? 아직 어린애구나.

내가 의뢰 내용을 확인해봐야겠다고 하자, 옹심이는 그

렇게 말했다.

　– 외계인을 죽이는 건 우리 일이 아니야.

　미네르바가 말했다.

　– 확인해볼 수는 있잖아.

　내가 말했다.

　꼬마가 재미있겠다며 따라왔다. 화석 발굴 같은 것도 고고학의 일이다.

　나는 차로 가고 싶었지만, 꼬마가 오토바이를 꺼내왔다. 꼬마는 속도와 폭발을 즐긴다. 둘 다 내 취향은 아니다. 나는 눈을 감고 빨리 목적지에 도착했으면 좋겠다는 생각을 했다. 졸지는 않았다. 질주하는 오토바이 뒤에 앉아서 조는 건 자살행위다.

　출발이 늦은 탓도 있고, 길이 좋지 않아서 의뢰인이 알려준 마을에 도착했을 때는 저녁 9시가 넘었다.

　먼저 의뢰인들을 확인한다. 그들은 저녁을 먹은 후에 차를 마시는 중이다. TV 채널을 가지고 잠시 실랑이를 하는 것 같더니, 아내는 거실에서 드라마를 보고, 남편은 밖으로 나와 핸드폰으로 야구 중계를 본다. 장난으로 편지를 보낼 사람들처럼 보이지는 않는다.

표적의 집 쪽에서 소리가 난다. 망치로 거대한 못을 암석에 때려 박는 것 같은 소리다. 기분 탓일 수도 있지만, 지면이 조금 흔들리는 게 느껴진다. 야구 중계를 보던 남편은 욕을 하고는 집 안으로 들어간다. 드라마를 보던 아내는 신경질적으로 창문을 닫는다.

표적의 집은 의뢰인의 집보다 약간 아래쪽에 있어서 우리는 위에서 전체를 내려다볼 수 있다. 마당에는 직경이 15m 정도 되는 전파 망원경이 열다섯 개나 있다. 망원경 주위로는 태양열 집광판처럼 생긴 넓은 판자들과 기둥이 서 있는데, 정확히 무슨 용도인지는 알 수 없다. 망치 소리는 규칙적으로 계속 들린다. 마당의 반대편에 있는 창고 쪽에서 들리는 것 같다.

꼬마와 나는 산속을 우회해서 창고가 내려다보이는 곳으로 간다. 자세히 보려고 망원경을 꺼내는데 뒤에서 누군가 내 어깨를 잡는다. 나는 반사적으로 팔을 꺾으려고 손을 뻗는다. 그런데 어깨를 잡았던 손이 사라져버린다.

1m 뒤에서 손의 주인이 랜턴을 켠다. 바닥 쪽을 비추고 있어서 눈이 시리지는 않다.

– 놀라게 할 생각은 아니었습니다.

손의 주인이 말한다. 나는 그가 의뢰인들이 말한 남자라는 것을 한눈에 알아챈다. 눈이 빛에 적응하니 남자의 등 뒤에 여자아이가 잠들어 있는 것이 보인다. 오싹한 기분이 든다. 잠든 아이를 업고 아이가 깨지 않게 내 관절 기술을 피하는 것은 삼촌도 할 수 없는 일이다. 무엇보다 아무 기척도 없이 우리 뒤로 접근해 왔다는 것이 소름 끼친다. 나야 경험이 부족하니 그렇다 쳐도 꼬마의 등 뒤를 잡을 수 있는 사람은 없다. 꼬마도 나와 같은 위험을 느꼈는지 어느새 스카프를 잘게 뜯어 양손에 쥐고 있다.

꼬마가 기침을 세 번 한다. 목숨이 위험하니 도망치라는 신호다. 내가 몸을 피하면 꼬마는 남자를 향해 폭탄을 던질 것이다. 나는 손을 뻗어 꼬마를 저지하고 앞으로 한 걸음 나선다.

– 혹시 외계인이세요?

내가 묻는다.

– 당신의 세계 바깥에 있는 존재냐고 묻는 거라면 그런 것 같네요. 우리는 서로 사는 세계가 다른 것 같습니다.

외계인이 대답한다. 외계인은 딸애가 감기에 걸릴지도 모르니 안에 들어가서 이야기하자고 한다. 외계인은 우리를 창고로 안내한다. 창고 안에는 의뢰인들이 봤다는 우주선이 있다. 우주선의 모습을 뭐라고 설명해야 할까. 그것은 그러니까 기하학적 모순의 집합체 같은 모양이었다.

– 여기서 뭘 하시나요?

내가 묻는다.

– 우주선을 연구합니다.

외계인이 대답한다.

– 이거요?

내가 묻는다.

– 아뇨. 이건 모형입니다. 제가 연구하는 건 우주에서 지구로 날아오는 입자들입니다.

외계인이 대답한다.

– 그걸 왜 연구하시는데요?

내가 말한다.

– 발견하고 싶은 게 있어서요. 그보다 저희 집에는 무슨 일로 오신 건가요?

외계인이 말한다.

– 부탁을 받아서요. 이웃에 사는 분들이 불편해합니다.

내가 말한다.

－ 어떤 점이?

외계인이 묻는다.

－ 소리나, 빛, 마당의 기계들, 이 우주선 모형도. 무섭다고 하네요. 혹시 이사를 가주실 수는 없을까요?

내가 말한다.

－ 몰랐네요. 생각해보겠습니다.

외계인이 말한다.

외계인은 우리한테 홍차를 한잔 따라준다. 한 번도 마셔본 적 없는 맛인데, 따듯하고 맛있다. 그 집을 나오기 전에 나는 외계인과 몇 마디 말을 더 주고받는다.

－ 외계인과 이웃이 될 수는 없을까요?

내가 묻는다.

－ 지구와 가까운 곳에 사는 외계인이 있다면 이미 이웃이겠죠. 서로 잘 모를 뿐이지.

외계인이 대답한다.

－ 사람이 사람을 죽이지 않는 세상을 만들 수 있을까요?

내가 말한다.

－ 모든 사람을 다 죽이고 한 명만 남으면 그렇게 되겠죠. 아주 작은 세상이겠지만.

외계인이 말한다.

밖으로 나오자마자 꼬마는 도망치듯 오토바이를 몰았다. 우리는 펜션을 하나 빌렸다. 꼬마는 미네르바에게 지원 요청을 했다.

나는 목욕을 하면서 외계인과의 만남을 되돌아봤다. 그는 정말 외계인이 맞을까? 인간만 있는 세계도 이런데, 외계인까지 있으면 어떻게 되는 걸까? 그들과 싸워야 하나, 공존해야 하나. 헤겔은 외계인에 대해서는 한마디도 하지 않았다. 아마 좋아했을 것이다. 공통의 타자가 있으면 인류는 잠시 하나가 될지도 모르니까. 나는 목욕을 하다가 잠이 들었다. 눈을 떴을 때는 침대 위였는데, 내가 잠결에 온 것인지 꼬마가 옮겨놓은 것인지는 확실하지 않았다.

점심때쯤, 미네르바가 밴을 타고 도착했다. 밴에는 꼬마가 부탁한 무기들이 잔뜩 실려 있었다. 수류탄, 유탄발사기, 크레모아, 대전차 로켓포⋯⋯, 차체 하단에는 헬파이어 미사일까지 장착되어 있었다. 꼬마는 끈과 소매가 없는 신발과 옷을 입고 있었다. 나는 그런 모습을 한 꼬마를 처음 봤다. 완전히 전투 모드였다.

- 지금껏 내가 만난 무엇보다 위험해.

꼬마가 말했다.

– 죽이기로 결론이 난 거야?

미네르바가 물었다.

– 잘 모르겠어. 다시 가서 확인하려고.

내가 말했다.

꼬마가 장비를 설치하며 전진하느라 시간이 오래 걸렸다. 우리가 다시 외계인의 집에 도착했을 때는 해가 지고 있었다. 그곳에는 아무것도 없었다. 전파 망원경도, 창고도, 집도 보이지 않았다. 텅 빈 공터만 남아 있었다.

– 여기 맞아? 잘못 온 거 아니야?

미네르바가 물었다.

꼬마와 나는 천천히 고개를 끄덕였다. 의뢰인들의 집은 그대로였다. 여기가 확실했다. 창고가 있던 자리에 농구공 크기만 한 구멍이 하나 있었다. 돌을 떨어뜨려 봤는데, 바닥에 닿는 소리가 들리지 않았다.

– 갔으면 됐지 뭐.

미네르바가 말했다.

꼬마는 사방에 설치한 폭탄과 지뢰들을 제거하러 갔다.

며칠 후에 의뢰인들에게 다시 편지가 왔다.

- 인류를 구해주셔서 감사합니다.

내가 인류를 구했는지, 위험에 빠뜨렸는지는 잘 모르겠다. 파일은 이렇게 정리해 놨다.

이웃 간의 불화.

#고양이_키우는_게_꿈입니다

이메일이 온다.

– 우리 삼촌을 죽여주세요. 고양이를 키우고 싶어요.

의뢰서는 그렇게 시작한다. 나는 고양이와 삼촌의 상관관계를 알기 위해 끝까지 읽는다.

의뢰인은 휴학 중인 대학생이다. 그녀는 원래 서해의 작은 섬에 살았는데, 고등학교 때부터 서울의 할머니 집에서 일종의 유학 생활을 했다. 그녀의 부모는 그녀가 어떻게든 섬을 벗어나기를 원했다. 할머니 집이라고는 해도 할머니는 요양병원에 입원해서 실제로는 삼촌과 둘이 지냈다. 그녀의 삼촌은 할머니가 재혼을 해서 낳은 아들로, 그녀와는 성도 달랐고, 나이 차도 열네 살밖에 나지 않았다. 그녀는 학원과 학교만 오가는 생활을 했고, 삼촌은 집에 거의 들어오지 않아서 서로 부딪치는 일은 없었다.

그녀는 부모의 바람대로 서울의 대학에 합격했고, 할머니는 요양병원에서 죽었다. 죽기 전에 할머니는 그녀가 대학을 졸업할 때까지 보살펴 주라는 유언과 함께 집과 전 재산을 삼촌에게 물려줬다.

그녀에게는 작은 소망이 하나 있었다. 고양이를 키우는 것이었다. 그녀는 할머니가 죽고 나서 고양이를 분양받기 위해 아르바이트를 시작했는데, 첫 월급을 받기도 전에 삼촌이 집을 팔아버렸다.

– 난 고양이를 키우고 싶어.

그녀가 말했다.

– 당장 지낼 곳이 없는 사람들이 있어. 그들을 외면할 수가 없어.

삼촌이 말했다.

그녀의 삼촌은 시민운동가였다. 임금이 체불된 노동자를 위해 함께 고공농성을 했고, 치료 받지 못하는 외국인들을 위한 투쟁을 했고, 미군이 불법 점거한 사유지를 반환 받기 위해 소송을 하는 그런 사람이었다.

그녀는 할 수 없이 기숙사로 들어갔다. 기숙사 생활을 하면서 그녀는 과외와 서빙, 근로 장학생 아르바이트를 하며 돈을 모았다. 자취방을 얻어 고양이를 키울 생각이었다. 2학년 2학기를 마쳤을 때, 그녀는 목표했던 돈을 다 모았다. 자취방을 알아보고 있는데, 삼촌에게 전화가 왔다. 급하게 도와줄 사람들이 있어 앞으로 등록금을 내줄 수 없다고 했다. 그즈음 그녀의 삼촌은 근로시간 단축, 장애인과 성 소수자에 대한 불평등 해소를 위한 단체에서 일하고 있었다. 그녀는 무슨 토론회에서 삼촌이 핏대를 세우며 열변을 토하는 것을 본 적이 있었다.

– 이건 대한민국 사회의 지속 가능성을 위해 반드시 필요한 일이야.

삼촌이 말했다.

– 그렇게 문제가 많은 사회를 왜 지속해야 하는데? 나는 고양이 키우는 게 꿈이야.

그녀가 말했다.

이제 그녀는 대학교 4학년이 되었고, 졸업학점을 다 채웠지만, 아직 취직하지 못해서 휴학 중이다. 그녀는 여전히 과외와 서빙을 하고, 주말에는 편의점에서 일한다. 그녀는 아직 고양이를 분양 받지 못했다.

의뢰서는 이렇게 끝난다.

– 삼촌이 말하기를 일본 속담에 이런 말이 있다고 합니다. "고난은 그대를 옥으로 만든다." 찾아보니 전 세계 모든 나라에 비슷한 말이 있더라구요. 에디슨이 1%의 재능과 99%의 노력 어쩌고 했던 것도 같은 맥락일 겁니다. 다 헛소리라고 생각합니다. 고난은 그저 인간을 병들게 할 뿐입니다. 열심히 노력하면 성공하던 세상은 오래전에 끝났습니다. 저는 고양이를 키우고 싶습니다. 어차피 망할 거라면 빨리 망했으면 좋겠습니다.

나는 끝내 고양이와 삼촌의 상관관계를 이해하지 못한다. 다만 그녀의 의견에 일견 동의하는 부분도 있다. 온갖 문제가 산적해 있는 세상이라면 고쳐서 유지하는 것보다 부수고 새로 만드는 게 나을지도 모른다.

나는 의뢰를 거절하기로 한다. 대신 활동비를 조금 빼서, 그녀에게 보낸다. 그 돈으로 그녀는 자취방을 구하고, 고양이를 키울 수 있을 것이다.

파일은 이렇게 정리한다.

반려동물 갈등.

#시인과_농부

강혁이라는 시인이 평론가를 죽여 달라는 의뢰를 했다. 의뢰 이유는 적혀 있지 않았다. 대신 오픈 채팅방 주소가 있었다.

나는 그가 지정한 시간에 채팅방에 접속했다.

: 진짜 있었네요.

강혁이 말했다.

: 장난이 아니길 바랍니다.

내가 말했다.

: 당연히, 진심입니다. 오늘까지 아무도 안 오면 직접 하려고 염산이랑 휘발유도 사뒀어요.

강혁이 말했다.

: 그를 왜 죽이려는 건가요?

내가 물었다.

: 그가 농사를 짓기 때문입니다.

강혁이 대답했다.

: 그게 문제가 되나요?

내가 물었다.

: 감자만 키워요. 밭에 인삼이 자라도, 어성초가 자라도 전부 뽑아버려요. 감자가 아니니까요.

강혁이 말했다.

농사는 자기가 키우려는 작물 이외의 모든 것을 죽이는 일이다. 지구에 사는 생명체의 90%를 멸종시킨 것은 농부들이라는 견해도 있다. 관점에 따라 비난할 수도 있지만, 농사를 지었기 때문에 이만큼 번영과 발전을 이룬 것도 부정할 수 없는 사실이다.

: 그는 왜 감자만 키우나요?

내가 물었다.

: 감자가 윤리적이기 때문이랍니다.

강혁이 말했다.

: 농사를 짓는 게 그 사람만 있는 건 아닐 텐데 왜 꼭 그를 죽여야 하나요?

내가 물었다.

: 그가 농부들의 대표이기 때문입니다. 그만큼 혜택도 많이 누리고.

강혁이 말했다.

: 논의를 좀 해보겠습니다. 쉽게 결정할 수 있는 문제가 아니라서.

내가 말했다.

: 긍정적인 결과를 기다리겠습니다. 지금 그를 죽이지 않으면, 우리는 논어와 탈무드 같은 시만 써야 합니다.

강혁이 말했다.

나는 채팅방에서 나왔다.

감자는 벼나 밀에 비해 재배 기간이 짧고 쉬우며, 수확량이 많다. 소화가 잘되고 비타민C, 아미노산, 단백질 등의 영양소도 풍부하다. 감자는 유용한 작물이다. 하지만, 감자만 키우는 것은 분명 문제가 있어 보였다.

나는 다른 식구들에게 채팅 내용을 공유하고 의견을 물었다.

할아버지는 감자를 키우는 사람이라면 죽여서는 안 된다고 말했다. 옹심이 칼국수에는 감자가 필요하다.

할머니는 감자밭까지 통째로 폭파시켜버리겠다고 했다.

형은 좋은 감자를 길러내고 있다면 죽일 필요가 없을 것 같다고 했다.

누나는 시인들이 마음대로 시를 못 쓴다면 당연히 죽여야 한다고 했다.

나는 쉽게 결정할 수가 없었다. 식구들의 의견처럼 내 마음도 반반으로 갈렸다. 나는 약간의 조사를 했다. 다행히 그는 인터넷 검색으로도 많은 정보를 찾을 수 있는 유명인이었다. 여러 매체에 글도 많이 썼고, 인터뷰도 많았다.

평론가는 모든 감자를 칭찬했다. 특히 미국에서 들여온 감자 품종에 대해서는 극찬을 아끼지 않았다. 다소 오글거리는 표현도 많이 사용했는데, 감자를 먹고서 천사를 봤다고 하거나, 감자를 사랑하지 않는 게 도무지 가능하기나 한 일이냐고 묻는 식이었다. 강혁의 말대로 모든 행보에는 감자가 있었다. 그는 감자의, 감자에 의한, 감자를 위한 농부였다. 다른 것은 없었다.

나는 고민 끝에 일단 의뢰를 받기로 했다. 어느 쪽이 사람이 덜 죽는가를 기준으로 하면 당연한 선택이었다. 우리가 거절하면 시인은 평론가를 찾아갈 것이다. 초심자가 휘발유와 염산으로 사람을 죽이는 것은 거의 불가능에 가깝다. 불필요한 고통만 줄 뿐이다. 실패하면 또 다른 시인이 이번에는 칼이나 석궁으로 평론가를 노릴 것 같았다.

－죽이기 전에 꼭 이 말을 해주세요. "당신들이 좋다고 생각하는 것만 가치 있는 게 아니야."

다시 채팅방에 들어가 의뢰 승낙을 알리자, 시인이 그렇게 말했다. 마지막 부탁 때문에 일이 조금 번거로워졌다. 말을 전하기 위해서는 죽이기 전에 일단 납치부터 해야 했다.

평론가는 광주에 살았고, 정기적으로 서울을 오갔다. 미네르바의 도움을 받아 경찰로 위장해 기차역 입구에서 평론가를 체포했다.

－영장 있습니까?

평론가는 담담하게 말했다. 우리는 미네르바가 위조한 체포영장을 보여줬다. 체포영장에 적시된 혐의는 특수상해, 자살교사·방조였다. 위조된 것이었지만, 내용은 사실이었다.

－이거 놔. 뭔가 잘못된 거야. 난 슬픔을 공부하는 슬픔이야.

영장을 확인한 평론가는 우리가 양팔을 잡고 수갑을 채우자 뭔가 잘못됐다는 것을 깨닫고 그렇게 소리쳤다.

－공부하시는 건 좋은데, 당신 때문에 슬픈 사람도 많은 모양입니다.

내가 말했다.

평론가는 차에 타서도 변호사를 불러 달라고, 전화를 걸어야겠다고 소란을 피워서 수면 가스로 재웠다.

나는 철거가 예정된 도서관에 평론가를 가뒀다. 도서관 전체를 개조하기에는 시간이 모자라서 2층의 어·문학실 창문과 문에 철창을 설치하고 안에 있는 집기들은 치웠다. 안에는 20kg 감자 세 박스와 2리터짜리 생수 150개, 냄비와 휴대용 가스버너가 있었다. 책상 하나와 책장 하나도 남겨뒀다. 책장에는 그동안 감자를 키우는 데 방해가 된다고 제

거해버린 책들과 새싹일 때 뽑혀서 책도 되지 못한 작품들
을 꽂아 뒀다. 천장에 달린 스피커에서는 한 시간마다 같은
내용의 방송이 흘러나오게 세팅해 놨다.

"당신들이 좋다고 생각하는 것만 가치 있는 게 아니야."

이제 평론가는 감자만 먹으면서 계속 그 얘기를 들어야
한다. 책장에는 의뢰인이 쓴 시도 있었는데, 그것을 읽을지
말지는 평론가 마음이었다.

– 그냥 쏘면 안 돼?

제니가 말했다.

– 기회를 주려고.

내가 말했다.

평론가는 도서관에서 한 달을 지냈다. 그는 가스버너로
물을 끓여 감자를 삶아 먹었고, 책장에 꽂혀 있는 것들을
읽었다. 가끔씩 팔굽혀펴기와 정체를 알 수 없는 체조도 했
다. 말은 한마디도 하지 않았다. 평론가는 시계를 보며 감
자를 삶았다. 하루는 22분, 하루는 30분, 하루는 한 시간,
물의 양도 매일 바꿨다. 2주 정도 지나자 늘 같은 양의 물
을 넣고 같은 시간 동안 삶았다. 자기 입맛에 맞는 적당한
감자 삶기를 실험한 모양이었다.

평론가가 갇힌 지 딱 한 달이 되던 날, 누나가 엄마의 퇴원 소식을 알렸다. 엄마의 담당 의사는 숯을 성공시켰다. 나는 평론가를 죽이지 않기로 했다. 어쩌면 평론가는 그동안 감자 말고 다른 게 있다는 것을 몰랐던 것인지도 모른다. 익명으로 119에 전화를 걸어 도서관에 평론가가 갇혀 있다는 것을 알려줬다.

– 소금 좀 주세요.

119 구급대의 무전 내용을 도청했는데, 구조되면서 평론가는 계속 그렇게 말했다고 한다.

엄마는 퇴원하자마자 부엌과 집안 곳곳을 둘러봤다.

– 집이 엉망이네.

엄마가 말했다. 내가 보기에는 똑같았는데, 엄마가 보기에는 많은 것이 흐트러진 모양이었다.

– 아무도 안 죽였네? 쓸데없이 돈만 많이 썼구나. 그래 뭘 좀 배웠니?

엄마가 내가 정리한 의뢰 파일을 확인한 후에 그렇게 물었다.

– 그냥 여러 가지.

내가 말했다.

한 달간 내가 마더의 역할을 대신하면서 깨달은 것은 이
것이다. 킬러는 표적이 없으면, 가상의 표적이라도 만들어
서 죽여야 한다. 그래야 이 세계의 모순을 극복할 수 있다.

#구해줘

마더가 돌아오자마자 제니는 그동안 밀린 임무를 처리하기 위해 중동으로 떠났다.

수없이 많은 시체가 몇백만 년 동안 열과 압력을 받으면 화석연료가 된다. 중동은 죽음의 강 위에 있는 땅이다. 전쟁이 끊이지 않는다. 이번 제니의 임무는 전쟁을 막는 게 아니라 축소시키는 거였다.

나는 세계사 시험을 보고 있었다. 손목시계의 램프가 세 번 깜박였고, 경고음과 함께 진동도 세 번 울렸다. 누군가 긴급 상황에 빠졌다는 신호였다. 내가 이 시계를 받은 지 15년이 넘었지만, 지금껏 한 번도 작동된 적은 없었다. 지

금 임무 중인 것은 제니밖에 없었다. 나는 시험을 포기하고
곧바로 집으로 갔다.

다른 식구들도 모두 모여 있었다. 할아버지는 식당 문을
닫았고, 형은 재판 중에 달려왔다. 형 옆에는 다영이 서 있
었다. 할머니는 발굴 작업을 하다가 돌아왔고, 삼촌은 남
극으로 가는 일정을 포기하고 왔다. 엄마는 이미 장비와 짐
을 챙겨 출국 준비를 끝내 놓고 있었다.

- 복귀하시는 건가요?

엄마가 삼촌에게 물었다.

- 조카를 구하러 가는 겁니다. 형도 그걸 더 바랄 테고.

삼촌이 대답했다.

할아버지가 혀를 찼다.

실랑이를 할 시간은 없었다. 문자 그대로 긴급 상황이었
다. 우리는 곧바로 중동으로 날아갔다.

우리가 출국한 다음 날, 외교부에서 연락이 왔고, 몇 시
간 뒤에는 뉴스에도 보도가 되었다.

국제 의료봉사단체가 이슬람 무장 세력의 습격을 받아
17명 사망, 81명이 납치 및 실종되었다.

사망자 명단에 누나는 없었다. 아무리 무기가 없는 상태

라고는 해도 제니가 쉽게 죽을 리는 없었다.

　공항을 통과해 오느라 우리는 최소한의 장비밖에 없었다. 옹심이는 숙소를 잡자마자 재래시장을 돌면서 처음 보는 풀과 동물들을 사 모으고 암석을 주워와 독을 제조했다. 꼬마는 블랙마켓을 통해 무기를 사들였다. 미네르바는 현지 정부와 외교부를 오가며 정보를 모았다. 삼촌은 내게 금속 실로 만든 토시와 장갑을 줬다. 도검류는 물론이고, 각도만 잘 맞추면 총알도 튕겨낼 수 있는 물건이라고 했다. 다영은 계속 지도를 바꿔가며 다우징을 했다. 마더는 하루 종일 창밖으로 끝없이 펼쳐진 사막을 쳐다봤다.

　인터넷을 통해 의사 한 명과 간호사 한 명이 처형되는 동영상이 공개됐다. 그들의 요구사항은 돈, 동료의 석방, 미군의 철수였다. 셋 다 진짜로 원하는 것일 수도 있고, 셋 중에 하나 정도만 진짜 목적일 수도 있고, 어쩌면 셋 다 구실일 뿐이고 인질을 다 죽여 공포를 확산시킬 생각일 수도 있었다.

　– 계속 이동하는 것 같아요. 너무 넓어서 대략적인 방향 정도밖에 모르겠어요. 그것도 정확하지 않구요. 땅 자체가 원념이 너무 강합니다.

다영이 말했다.

— 제니를 찾으려고 하지 말고, 그 무장 세력인가 뭔가가 어디 있는지 찾아보렴. 하나씩, 본거지까지 다 쓸어버리면 어딘가에 제니도 있겠지. 잡아서 물어봐도 되고.

마더가 말했다.

다우징과 미네르바가 취합한 정보, 꼬마가 블랙마켓에서 들은 소문을 종합해서 우리는 무장 세력의 근거지 세 곳을 특정했다. 제니가 납치된 지 120시간이 넘어가고 있었다. 속도가 생명이었다.

우리는 조를 나눠 세 곳을 동시 타격했다. 옹심이와 마더가 한 조, 미네르바와 꼬마가 한 조, 삼촌과 내가 한 조였다. 다영은 숙소에서 전체의 지휘와 연계를 맡았다.

시아버지와 며느리가 힘을 합치면 이슬람 무장 세력의 기지 하나를 전멸시키는 데 20분도 걸리지 않는다. 협력 방식은 간단했다. 마더는 옹심이가 만든 독을 암기에 발라 던졌다. 옹심이의 독은 음식이 아닌 다른 방식으로 사용할 때 가장 강력하다. 숨을 한 번만 들이쉬어도, 피부에 닿기만 해도 즉사하는 독이 수십 종류나 된다. 마더는 제니의 위치를 묻기 위해 제일 좋은 옷을 입은 사람과, 가장 나이가 많아 보이는 사람을 한 명씩 살려줬다.

할머니와 손자의 조합은 같은 일을 하는데, 한 시간이 넘게 걸렸다. 꼬마가 밖에서 폭발로 적을 유인해 미네르바의 함정으로 처리하는 방식이었는데, 끝까지 밖으로 안 나오고 농성을 하는 적들이 있어서 시간이 지체되었다.

삼촌과 조카는 가장 오랜 시간을 썼다. 전부 제압하는 데 2시간 12분이 걸렸다. 삼촌이 죽이지 않고 기절시키는 방식으로 공격한 탓도 있고, 내가 별 도움이 안 됐기 때문이다. 자동 소총을 들고 있는 사람한테 은밀히 다가가 목을 조르는 것은 아직 나한테 무리였다. 어쩌면 헤겔의 합기도로는 불가능한 일일지도 모른다.

– 도망쳐.

맨손으로 총을 든 사람과 싸우려면 어떻게 해야 하냐고 물으면 아마 헤겔은 그렇게 대답할 것이다.

우리는 원래 각자 사로잡은 사람을 심문해서 제니의 위치를 파악하기로 했지만, 마더가 바로 알아내서 나와 삼촌은 심문을 하지 않았다. 다영의 말로는 마더가 500원짜리 동전으로 10분 만에 장소를 알아냈다고 한다. 어떤 방식을 사용했는지 상상하기도 싫다.

우리는 합류 지점에 모여 마더가 알아낸 지하 비밀기지로 향했다. 쉽게 찾기 힘들 거라고 했다는데, 10km 밖에서도 어디가 비밀기지인지 훤히 알 수 있었다. 사방에서 연기가 나고 있었다. 가끔 폭발음도 들렸다. 우리는 바로 안으로 들어갔다.

안에서 우리가 본 것은 전투의 흔적이었다. 벽과 천장 곳곳에 탄흔이 남아 있었고, 바닥에는 피가 말라붙어 있었다. 무엇보다 방과 통로 곳곳에 시체가 널브러져 있었다.

- 미군이 왔다 갔나?

꼬마가 말했다.

- 미군은 이번 일에 개입하지 않아요. 인질 중에 미국인이 없거든요. 시체를 이런 식으로 방치하고 철수할 리도 없고.

미네르바가 말했다.

- 대충 죽은 지 여섯 시간에서 여덟 시간 정도 된 것 같아.

옹심이가 시체의 상처 부위와 목과 눈을 살펴보더니 그렇게 말했다. 기지의 크기에 비해서는 시체 수가 적었다.

우리는 흩어져서 수색을 계속했다. 경계를 늦출 수는 없었다. 생존자가 있을 수도 있었고, 기지를 공격한 측이 우리 편이라는 보장도 없었다. 최악의 경우 폭발물을 설치해 놓고 갔을 수도 있었다.

나와 삼촌은 기지의 서쪽을 맡았다. 통조림과 모포 따위가 쌓여있는 방이 많은 것으로 봐서 창고 같은 공간인 것 같았다. 시체도 전투 흔적도 없었다. 마지막 방은 다른 곳보다 컸다. 문도 철제였고, 튼튼했다. 내가 문을 열려고 하는데 삼촌이 멈추라는 신호를 보냈다. 삼촌은 문에 귀를 대고 소리를 들었다. 나도 따라 했다. 안에서 미약한 신음소리 같은 게 들렸다. 나는 무전으로 다른 가족들을 불렀다.

삼촌이 팔로 머리를 가드한 채 몸을 낮추고 문을 열었다. 움직임이 없었다.

– 안 들어오는 게 좋을 것 같은데.

삼촌이 말했다.

나는 삼촌의 말을 무시하고 안으로 들어갔다. 나도 삼촌 옆에 멈춰 설 수밖에 없었다. 얼마 안 있어 다른 식구들도 도착했다. 다들 한 번씩 정지한 것처럼 멈춰서 앞에 펼쳐진 풍경을 바라봤다.

피와 약품 냄새가 가득했다. 그곳에는 납치됐다고 알려

진 사람들과 같은 숫자의 사람이 있었다. 모두 나체였고, 고문을 당한 건지 수술을 받은 건지 모를 상태였다. 전원이 손가락과 발가락이 잘려 있었고, 상처 부위는 인두로 지져서 출혈을 막아 놨다. 바닥에 떨어진 잔해를 보니, 고통을 더 주기 위해 손가락을 한 마디씩 자른 모양이었다. 배를 열어놔서 내장이 훤히 보이는 시체도 여럿 있었다. 처음 보는 벌레들이 내장을 파먹고 있었다. 목적을 알 수 없는 수술을 당한 사람들도 있었다. 귀와 성기를 잘라 입과 함께 봉합해 놨고, 안구를 적출하고 그 안에 혀와 고환을 채워 놨다. 척추를 뽑아서 항문에 강제로 집어넣은 경우도 있었다. 3분의 2는 죽은 상태였지만, 나머지는 살아 있었다. 악마를 숭배하는 광신도들이 소환의식이라도 한 것 같은 모습이었다.

– 아으.

누군가 그런 소리를 내며 침을 뱉었다. 시체와 죽음에 익숙한 우리도 이런데, 다른 사람들이 이런 걸 보면 바로 기절할지도 모른다.

– 뭘 알아내려고 한 걸까?

마더가 말했다.

- 그랬으면 혀를 자르고 입을 봉합하지는 않았겠죠.

미네르바가 말했다.

- *제니가 한 거야?*

내가 물었다.

- *모르지. 혼자 한 건지, 같이 한 건지. 납치된 게 다 의사랑 간호사들이라며.*

옹심이가 말했다.

나는 한쪽 눈만 남아 있는 남자와 눈이 마주쳤다. 그는 팔과 다리가 배에 꽂혀 있는 상태로 힘겹게 숨을 쉬고 있었다. 그는 말을 할 수 없었고, 한다고 해도 나는 외국어를 알아들을 수 없지만, 나는 그가 무슨 말을 하고 싶은지 알았다.

- *죽여줘.*

내가 자세를 잡고 수도를 내리치려는데, 꼬마가 나를 막았다. 이미 건물에 폭탄을 설치한 모양이었다.

돌아오는 차 안에서 꼬마가 버튼을 눌렀다. 등 뒤에서 폭발음과 열기가 느껴졌다. 만약 남아 있는 뼈들이 화석이 되면, 후대에 그것을 발견한 사람들은 뭐라고 생각할까?

제니는 자력으로 탈출해서 대사관에서 잡아준 숙소에 돌

아와 있었다. 숙소 근처에는 군인들이 경비를 섰고, 문 앞에는 국정원 요원들이 서 있었다.

– 연락부터 했어야지.

마더가 말했다.

– 연락할 수단이 없었어. 계속 사막을 걸어왔어.

제니가 말했다.

엄마는 아무것도 묻지 않았다. 할아버지도 할머니도, 형도 마찬가지였다. 누나는 피곤하다고 계속 잠만 잤다. 잠에서 깨면 두 시간씩 샤워를 했다. 사막은 물이 귀하다. 숙박 비용이 꽤 많이 나왔을 것이다.

엄마는 돌아갈 준비를 했다.

할아버지는 무릎과 허리에 신경통이 있다. 할아버지가 밤에 무릎과 허리가 아프다고 하면 다음 날, 반드시 비가 온다. 통증이 심할수록 더 많은 비가 내린다.

– 내일은 비가 오겠구나. 아주 많이.

할아버지가 무릎과 허리를 치면서 말했다.

– 하지만, 여긴 사막인데.

나는 할아버지의 어깨를 주물렀다.

다음 날, 120년 만에 폭우가 내렸다. 내가 이 나라의 왕이라면 매장된 석유의 반을 주더라도 할아버지를 이곳에 살게 했을 것이다. 갑작스러운 비 때문에 공항이 마비돼서 우리의 귀국은 이틀 늦춰졌다. 누나는 돌아오는 비행기 안에서도 계속 잠만 잤다. 나는 옆자리에서 엄마가 메모하는 것을 봤다.

해외여행의 위험.

#키스

– 기억을 지우는 독 같은 거 없어요?

제니가 물었다.

– 만약 그런 게 있으면 그건 독이 아니라 약일 것 같구나.

옹심이가 대답했다.

기억은 독이나 약이 아니라 또 다른 기억으로 덮어서 지워야 한다. 기회는 생각보다 빨리 찾아왔다.

난상이 자신을 죽여 달라는 의뢰를 했다. 내전은 끝났지만, 나담은 여전히 혼란 속에 있었다. 독재자의 잔당을 처형하고, 협력자들을 숙청하는 일이 매일 계속됐다. 민중은 복수를 원했고, 피가 계속 피를 불렀다.

– 전쟁에서 죽은 사람보다, 지금 제가 죽이는 사람이 더 많습니다. 한 줄의 시도 쓸 수 없습니다. 저는 저를 가둔 게 독재자라고 생각했는데, 아니었습니다. 저를 가둔 건 권력이었습니다. 그 자리에 누가 있든 변하는 것은 없다는 걸 알았습니다.

난상은 그런 내용의 편지를 보냈다.

– 어쩔래?

마더가 물었다.

– 내가 갈게.

제니가 말했다.

납치됐다 돌아온 지 일주일 만에 제니는 다시 외국으로 나갔다.

제니는 평소와 다른 방법을 계획한다. 미리 총을 설치하고 원격으로 발사하는 방식이다. 난상의 키와 걸음걸이를 계산해서 다섯 지점에 저격 포인트를 잡는다. 모자를 표적으로 시험 발사까지 수십 번 한다. 바람이 걱정이긴 하지만, 먼 거리가 아니라 돌풍이 불지 않는 한 빗나가지 않을 것이다. 장소는 대통령 궁에서 멀지 않은 공원이다. 그곳으로 난상을 유인하기만 하면 된다.

제니는 당당하게 정문으로 들어가 난상과의 만남을 요청한다. 제니가 자신을 뭐라고 소개했는지는 모른다. 대통령한테 청혼을 받았는데 거절한 사람이라고 말했을까. 어쩌면 생명의 은인이라고 했을지도 모른다.

난상은 흔쾌히 제니와의 만남을 수락한다. 중요한 회의를 미루고 직접 제니를 마중 나온다.

– 어떤 시를 써도 감옥에 가지 않는 나라, 만드셨나요?

간단히 인사를 주고받은 후에 제니는 그렇게 묻는다.

– 비난하시는 건가요? 부끄럽습니다. 지금은 아무도 시를 쓰지 않는 나라가 됐습니다. 하지만 언젠가 그런 나라가 이 땅 위에 생길 겁니다.

난상이 말한다.

– 좀 걸을까요?

제니가 묻는다. 난상은 고개를 끄덕인다.

제니는 너무도 쉽게 난상을 저격 지점으로 데려온다. 제니와 난상 주변을 경호원들이 둘러싸고 있지만, 대화를 들을 수 없을 정도로 멀리 떨어져 있다. 남은 것은 정확한 위치에 난상을 움직이지 못하게 세워두고 발사 스위치를 누르는 것이다.

– 아직도 저랑 결혼하실 생각이 있나요?

제니는 전에 난상이 준 목걸이를 내밀며 그렇게 묻는다.

– 그건 진심이었습니다. 하지만 이제 너무 늦은 것 같군
요.

난상이 대답한다.

– 그래도 대답은 들어야죠. 이게 제 대답입니다.

제니는 그렇게 말하며, 난상을 끌어당겨 키스한다. 난상
의 뒤통수가 정확하게 제니가 조준해 놓은 총과 일직선에
놓인다. 제니는 키스하면서 주머니에 손을 넣어 발사 스위
치를 누른다.

– 메타몽.

제니가 말한다.

난상이 쓰러진다.

얼마 뒤에 당시 현장에 있던 경호원 중 한 명이 영국 신
문과 인터뷰를 했는데, 난상의 시체는 머리 반쪽이 날아간
채로 계속 혀를 움직이고 있었다고 한다.

– 첫 키스였어?

내가 물었다.

제니는 대답하지 않았다.

#성수태고지

제니가 임신을 했다.

– 난 남자랑 섹스한 적 없어.

제니가 말했다.

– 아가씨 말은 진실입니다.

아무도 부탁하지 않았는데, 다영은 급하게 다우징을 한 후에 그렇게 말했다. 보증하지 않아도 제니의 말을 의심하는 사람은 아무도 없었다.

제니는 남자와 섹스하지 않았다.

그런데 임신을 했다.

나는 예수의 삼촌이 되었다.

예수가 무사히 태어날 수 있을지는 잘 모르겠다.

평화보다는 투쟁이, 예수보다는 킬러가 필요한 세상이다.

#세계정신

할아버지와 할머니가 은퇴를 선언했다.

– 막내 나이 때 일을 시작했어. 그때보다는 조금은 나은 세상이 된 것 같아.

할아버지가 말했다.

나는 지금이 조금은 나아진 거라면 예전에는 대체 얼마나 엉망진창이었던 건지 상상해봤다.

– 그래서 옹심이는 대체 누구야?

할머니가 물었다.

– 내가 처음 독을 넣은 음식. 그때는 서툴렀어. 표적이 어떤 선비였는데, 그 사람은 분명 맛이 이상하다는 걸 알았

을 텐데, 아무 말 없이 끝까지 먹었어. 왜 그랬을까? 아직도 모르겠어.

할아버지가 말했다.

나는 그날 한 사람이 처음으로 다른 사람을 죽인 이야기를 들었다. 그것은 무척 쓸쓸한 이야기였다.

– 거짓말하지 마. 첫사랑이었지?

할머니가 말했다.

– 허허. 아니래두.

할아버지가 말했다.

아마도 죽을 때까지 같은 주제로 투덕거릴 모양이었다.

할머니와 할아버지는 은퇴하기 전 마지막 의뢰를 직접 골랐다. 한 달간 수백 건의 의뢰를 면밀히 검토한 끝에 하나를 선택했다.

어느 소도시의 초등학교 선생의 의뢰였다. 그 선생도 정년 퇴임을 앞두고 있었다.

선생은 세상이 끔찍하고 무서웠다. 아이들이 살아갈 미래가 지금과는 전혀 다르기를 바랐다. 선생은 세상을 바꾸려면 정치를 바꿔야 한다고 생각했다.

– 물갈이가 아니라, 판을 통째로 갈아야 합니다.

선생의 의뢰는 국회의원 300명을 죽여 달라는 것이었다.

독과 폭탄은 둘 다 다수의 사람을 죽이는 데 유용한 무기다.

꼬마와 옹심이는 어떤 방식이 좋을지 진지하게 고민했다. 날짜는 임시국회가 열리는 일주일 후로 정해졌다.

국회의사당에는 스물네 개의 기둥이 있다. 24절기 내내 국민을 생각하고 일하라는 의미다. 국회의 기둥이 그런 의미라면 국회의원들이 죽는 건 당연한 일이라는 생각이 들었다. 『합기도 입문』에는 유일하게 나폴레옹의 말이 인용되어 있다.

지금 네가 겪는 불행은 언젠가 네가 소홀히 한 시간의 업보다.[*]

꼬마는 스물네 개의 기둥에 폭탄을 설치했다. 옹심이는 수면제와 수면 가스로 보좌관과 경위 같은 상관없는 사람들을 밖으로 빼냈다.

나와 형과 누나와 엄마는 한강에 돗자리를 펴고 국회가 폭파하는 것을 기다리고 있었다. 치킨을 배달시켰는데, 다

식어서 맛이 없었다.

– 이 집은 곧 망하겠구나.

엄마가 말했다.

내가 마지막 남은 날개 조각을 먹고 콜라 캔을 딸 때 폭탄이 터졌다. 꽤 멀리 떨어져 있는데도 귀가 먹먹해질 정도로 소리가 컸다.

국회가 흔적도 없이 사라지고, 지하에서 로보트 태권브이가 튀어나왔다.

달려라 달려 로보트야

날아라 날아 태권브이

정의로 뭉친 주먹 로보트 태권

용감하고 씩씩한 우리의 친구

두 팔을 곧게 앞으로 뻗어

적진을 향해 하늘 날으면

멋지다 신난다 태권브이 만만세

무적의 우리 친구 태권브이

– 구해줘서 고마워 친구.

태권브이는 그렇게 말하고 우주로 날아갔다.

초등학생 때 국회의사당 밑에 로보트가 있다던가, 남산 타워에서 레이저가 발사된다던가 하는 이야기를 들은 적은 있지만, 진짜라고 생각한 적은 한 번도 없었다.

누군가 믿는다고 존재하고, 믿지 않는다고 존재하지 않는 것은 아니다. 신념이나 영광, 공정 같은 것이 있다고 믿는 사람도 있고, 믿지 않는 사람도 있다. 사람들은 의외로 무난하게 태권브이의 존재를 받아들이는 것 같았다. 태권브이가 아니라 그보다 더한 것이 나온다 해도 별로 놀라운 것이 없는 세상이니까.

태권브이 때문에 국회의원들의 죽음은 완전히 묻혀버렸다. 뉴스도 신문도 온통 태권브이에 관련된 것뿐이었다. 사람들한테 국회의원은 그다지 중요한 존재가 아니었다.

뜻하지 않은 곳에서 태권브이의 반향이 나타났다. 삼촌의 도장의 문하생들이 전부 태권도장으로 옮기는 바람에 도장이 텅 비어버렸다.

– 태권도장을 차릴 걸 그랬나 봐.

삼촌이 말했다.

왜 로보트는 하필 태권도를 배웠을까. 로보트 합기브이

는 어감이 조금 이상한 것 같기는 하다. 단지 익숙하지 않아서 그렇게 들리는 것일 수도 있다.

삼촌은 남극과 북한을 조사하려던 계획을 잠시 중단하고 다시 열심히 전단지를 뿌린다.

아빠가 어디 있는지 알아서, 조사할 필요도 없어졌다.

태권브이와 관련해서 북한의 최고지도자가 성명을 발표했는데,

– 괴뢰역적패당이 국회의사당 밑에 로보트를 숨겨 두고 있었음이 드러났다. 하지만, 우리에게는 그 어떤 침략 병기보다 강력한 애국주의와 일심단결이 있다. 위대한 백두령장의…….

뒤에 도열해 있던 호위총국 인원 중에 아빠가 있었다.

빠르면 일주일, 길어도 3개월 안에 북한에서 급변사태가 발생할지도 모른다.

헤겔은 마지막으로 홍을 만난 적이 있다.

1813년 말에 대 프랑스 동맹군의 우세가 뚜렷해지자 라인연방은 와해되었고 초기에는 중립을 선언했던 바이에른도 동맹군에 가담했다. 대 프랑스 동맹군이 1814년 3월에 파리

를 점령하자 그해 4월에 나폴레옹이 영국에 투항하면서 나폴레옹의 지배는 막을 내렸다.

1814년 여름에 오스트리아, 프로이센, 러시아, 영국이 주도한 빈 회의가 열리고 엘베를 탈출하여 재기를 도모했던 나폴레옹이 워털루 전투를 위해 진군할 때, 헤겔은 거리에서 행군을 지켜보고 있었다. 나폴레옹을 지키는 호위병들 사이에 홍이 있었다.

– 저기 세계정신이 걸어가고 있다.

헤겔은 자기도 모르게 그렇게 말했다. 헤겔과 홍은 짧은 순간이지만 잠시 눈이 마주쳤다. 헤겔은 가볍게 묵례를 했고, 홍은 말에 탄 채로 손가락을 뻗어 전방의 먼 곳을 가리켰다.

1815년 나폴레옹이 워털루 전투에서 최종적으로 패배하면서 역사는 헤겔이 바라던 것과는 반대 방향으로 진행된다. 왕정복고 시대가 시작되었고 혁명의 불꽃은 사그라진 것처럼 보였다. 그러나 헤겔은 수구 세력이 내세우는 이른바 독일 해방에 대해 냉소적이었다. 그는 나폴레옹의 몰락을 프랑스혁명 이념의 실패와 퇴조로 받아들이기를 거부했다.

시대의 세계정신은 전진하라는 명령을 내렸다. *

　– 나도 고마워 친구.

　나는 우주로 날아간 태권브이에게 그렇게 말했다. 태권브
이가 어디로 갔는지는 아무도 모른다.

* 게오르크 빌헬름 프리드리히 헤겔, 『합기도 입문』, 시대정신, 1998, p.288
* 게오르크 빌헬름 프리드리히 헤겔, 『합기도 입문』, 시대정신, 1998, p.300

#끝이야_다시_시작

　

내 첫 의뢰는 자식들의 주식 증여 문제 때문에 억지로 연
명치료를 받고 있는, 중소기업 사장이었다. 사장의 아내가
의뢰했다.

나는 경호원 두 명을 기절시키고 병실로 들어갔다.

나는 표적을 죽이는 데 무술 같은 것은 필요 없을 줄 알
았다. 산소호흡기만 제거하면 바로 사망이었으니까. 하지만
막상 호흡기에 손을 댔을 때, 그게 아니라는 것을 깨달았
다.

즉자.

대자.

즉자대자.

그것은 분명 합기였다.

– 고맙네.

내가 호흡기를 떼자, 표적은 마지막 순간에 그렇게 말했다.

– 이게 제 일인데요 뭐.

내가 말했다.

표적은 편안한 표정으로 죽었다.

나도 콜사인을 정했다.

– 헤겔 송신. 임무 완료.

나는 굳이 무전으로 결과를 알린다. 들은 사람이 없는지 아무도 대답이 없다.

소설 적성 검사

검사 전 유의 사항

* 본 검사는 소설 적성을 종합적으로 판단하는 능력 검사로 총 4개의 영역으로 구성되어 있으며, 문항은 랜덤으로 출제됩니다.

* 문제당 1분에서 2분의 제한 시간이 있으며, 시간 내에 정답을 제출하지 못하면 자동으로 다음 문제로 넘어갑니다. 전체 문제의 40% 이상 정답을 제출하지 않으면, 결과를 확인할 수 없으니 이 점 유의해 주십시오.

* 검사의 특성상 전 세계의 소설 작품이 인용, 편집되어 예문으로 제출됩니다. 소설 외의 다른 텍스트도 일부 인용, 편집되어 게시되어 있습니다. 예문은 자문위원회의 의결에 따라 2년마다 변경될 수 있습니다. (저작권법 제32조-학교의 입학시험 그 밖에 학식 및 기능에 관한 시험 또는 검정을 위하여 필요한 경우에는 그 목적을 위하여 정당한 범위에서 공표된 저작물을 복제·배포할 수 있다. 다만, 영리를 목적으로 하는 경우에는 그러하지 아니하다. <개정 2009.4.22.>)

* 본 검사는 최초 응시일로부터 1년간 최대 4회 응시 가능하며, 직전 응시일로부터 30일간 재응시가 불가합니다.

* 본 검사는 간이 적성 검사로 심층 검사는 공단에 직접 방문하여 접수해야 하며, 심층 검사는 면접, 작품 제출, 시험 등의 과정으로 3일간 진행됩니다.

관련 문의

송파구 소설관리공단 - 담당자 이갑수

H.P 010-6274-1217   E-mail cop40@daum.net

소 설 관 리 공 단

2021 소설 적성 검사

1. 다음 설명과 예문을 보고 나비의 의미로 적절한 것을 고르시오.

> **가.** 각인 – 오리가 처음 태어나서 본 것을 엄마라고 생각하는 것처럼, 사람은 특별한 순간, 사건이 일어났을 때 봤던 것을 오랫동안 기억한다. 그리고 그 기억 속에 기존의 의미 질서가 아닌 전혀 다른 연결들이 생겨난다. 가령 홍차를 마시다가 다이애나 왕세자비가 교통사고 당하는 것을 본 사람은, 그 이후로 홍차만 보면 그녀를 떠올릴 수도 있다. 그것은 그 사람에게만 작동하는 의미 질서다. 꼭 특별한 사건이 아니어도, 이런 일은 일상에서도 쉽게 발견할 수 있다. 칼국수를 먹으면 할머니를 떠올리는 아버지나, 어떤 노래를 들으면 옛 연인을 떠올리는 친구같이. 소설가는 종종 각인이라는 방법을 사용해 작품 안에서만 작동하는 의미 질서를 만든다.
>
> **나.** 저는 그 교수님을 짝사랑하였으니까요. 스물두 살의 여자였으니까요. 충분히 있을 수 있는 일이라고 생각했습니다.
> 그 계단을 내려오는데 자꾸만 그 햇살이 떠올랐습니다. 그리고 교수님과 아내가 아이를 안고 웃는 모습들. 그런데 왜 그 모습들이 나비로 보였을까요? 저는 곧장 집으로 갔습니다. 약속 따위는 안중에도 없었습니다. 집에 와서 침대에 누워 눈을 감았습니다. 그런데 그때부터 그 나비가 내 머리를 떠나지 않았습니다. 아주 노란 나비였습니다.

> 그 텅 빈 로비 가득 순식간에 나비들이 가득 찼습니다. 지하철에서도, 가로수 밑에서도 사람들이 북적대는 길에서도 나비는 비처럼, 때론 마술처럼 내 눈앞에서 너울너울 춤을 췄습니다.
>
> – 안성호 「나비」

① 나비 – 슬픔
② 나비 – 살의
③ 나비 – 짝사랑
④ 나비 – 교수의 아내
⑤ 나비 – 다이애나 왕세자비

2. 아래 예문은 문1의 설명 (가)에 나온 대로 아버지와 명왕성이 각인되는 부분이다. 아버지가 사라진 이유로 적절한 추리를 고르시오.

> 아버지는 화장실에서 신문을 보고 있다가 갑자기 사라졌다. 아버지가 읽고 있던 것은 과학란에 실린 명왕성 퇴출에 관한 기사였다.
>
> – 조영아 「명왕성이 자일로틸에게」

① 화장실에 휴지가 없었기 때문에
② 천문대에 가서 명왕성을 보기 위해
③ 명왕성처럼 어딘가에서 퇴출되었기 때문에
④ 가족들이 꼴 보기 싫어서
⑤ 신문사에 항의하러 가기 위해

3. 다음 설명과 예문을 보고 남자친구와 같은 의미망에 있는 것을 고르시오.

> **가.** 구조 – 구조적으로 같은 자리에 있는 a와 b는 같은 의미망에 속한다.
>
> (1) $3 + a = 7$
>
> $3 + b = 7$
>
> $a = b$
>
> (2) 산성을 돌아,
>
> 쌓이고 쌓인 슬픔을 돌아,
>
> 상여를 매고
>
> 산성 = 쌓이고 쌓인 슬픔
>
> **나.** 2년 동안 동거하던 남자친구가 갑자기 짐을 싸서 떠났다.
>
> – 잘 있어.
>
> – 잘 가.
>
> 그는 왔을 때처럼 조용히 현관을 빠져나갔다. 원래부터 없던 것처럼 아무 흔적도 남기지 않았다. 존재감이 없는 사람이었다.
>
> 나는 아무 감정도 느낄 수 없었다. 아침을 먹고, 설거지를 하고, 청소를 하고, 빨래를 돌렸다.
>
> (중략)
>
> 세탁기가 고장 났다. 가전제품은 언제나 아무 예고도 없이 갑자기 고장 난다. 나는 세탁기에서 빨래가 되다 만 빨래들을 꺼냈다. 젖은 빨래에서 발등으로 물이 뚝뚝 떨어졌다.
>
> – 김희진 『옷의 시간들』

① 짐
② 현관
③ 가전제품
④ 빨래
⑤ 발등

4. 예문을 읽고 밑줄 (ㄱ)에 비추어 볼 때, 밑줄 친 (ㄴ)의 의미로 적절한 것을 고르시오.

> **ㄱ.** – 그렇게 심각하게 생각할 것 없다고. 간단히 말해서 그런 건 낚시나 똑같다고 생각하면 돼.
>
> 호리베가 말했다.
>
> 나카가와가 일어섰다.
>
> – 어디가?
>
> – 저쪽에서 헤엄치고 오겠습니다.
>
> 나카가와는 서둘러 바위에서 뛰어내리더니, 강기슭의 상류 쪽으로 뛰어갔다.
>
> 나는 부엌으로 가서, 수염을 깎고 얼굴을 씻었다.
>
> **ㄴ.** 손가락에서 생선 비린내가 났고, 세게 문질러도 없어지지 않았다.
>
> 아내가 새로 세탁한 바지와 셔츠를 내왔다.
>
> – 마루야마 겐지 「여름의 흐름」
>
> * 문제 풀이를 위한 Laconic – 나와 호리베는 사형수들을 지키고 사형집행을 하는 간수다. 둘은 오랫동안 그 일을 해서 업무에 익숙해졌다. 반면, 신입인 나카가와는 사형집행을 두려워한다. 도저히 못하겠다고 일을 그만두겠다고 한다. 선배들은 신입의 기분전환을 시켜주려고 낚시에 데리고 간다.

① 낚시에서 물고기를 아주 많이 잡았다.
② 나는 다한증이 심해 손에 냄새가 잘 배는 사람이다.
③ 사형집행 후에 죄책감(불편함)이 사라지지 않는다.
④ 손을 물로만 씻으면 안 된다.
⑤ 나는 후각이 예민한 사람이다.

5. 아래 그림과 같은 방식의 소설 구성 방식은?

① 점진(증폭) 구성　　② 지연 구성
③ 메타 구성　　　　　④ 반전 구성
⑤ 포어그라운딩 구성

6. 예문을 읽고 밑줄 (ㄱ)에 비추어 볼 때, 밑줄 친 (ㄴ)의 의미로 적절한 것을 고르시오.

> 병원에서 퇴원한 형은 설득력을 갖춘 사람이 되었다. 형이 설득력을 사가지고 왔을 때 나는 그게 뭐냐고 물었다.
> – 설득력.
> 형이 말했다.
> ㄱ. – 너클이잖아?
> 내가 말했다.
> – 설득력.
> 형은 설득력을 손에 끼고서 다시 말했다. 나는 바로 설득되었다. 한 달 정도 이태원을 어슬렁거리던 형은 결국 2미터가 넘는 흑인을 설득해서 부하로 만들었다.
>
> ㄴ. 얼마 안 있어 형은 담임을 설득하고 학교를 그만뒀다. 사실 그동안도 제대로 학교에 다닌 것은 아니었다. 형의 출석부는 출석, 결석, 조퇴, 지각의 숫자가 서로 비슷했다.
>
> – 이갑수 「아프라테르」

* 문제 풀이를 위한 Laconic – 형은 어릴 때부터 여기저기서 싸움을 하고 다니는 문제아다. 어느 날, 형은 이태원에서 흑인과 시비가 붙어 병원에 입원할 때까지 맞는다.

① 다른 사람을 설득할 때는 진심이 중요하다.
② 학생을 포기하다니 역시 공교육은 문제가 많다.
③ 형이 학교에서 뭔가 폭력적인 행위를 한 것 같다.
④ 입원했기 때문에 수업을 따라갈 수가 없었다.
⑤ 학생은 너클을 구입하면 안 된다.

7. 다음 중 소설의 속임수(반전) 구성 방식이 독자 속이기에서 등장인물 속이기로 바뀌어 가는 이유로 적절하지 않은 것을 고르시오.

① 선배 작가들이 다양한 반전을 많이 사용해서 후배들이 반전을 만드는 것이 갈수록 어려워지기 때문에
② 독자의 수준이 올라가서 잘 속지 않기 때문에
③ 독자가 속으면 기분이 상하기 때문에
④ 독자를 속이는 것보다 등장인물을 속이는 것이 훨씬 쉽기 때문에
⑤ 속임수 구성의 작품은 속임수를 알고 보면 재미가 반감되기 때문에

8. 다음 지문은 백가흠의 「배꽃이 지고」의 서두 부분이다. 이어서 과수원 주인이 지적장애가 있는 여자와 남자를 학대하는 장면이 계속된다. 아래 예문을 읽고 작가가 예문과 같은 방법을 사용한 이유로 가장 타당한 것을 고르시오.

> 여자가 정성스럽게 배꽃을 땁니다. 손톱으로 똑, 가지가 다치지 않게 꽃을 땁니다. 여자는 꽃잎을 버리지 않고 다른 손에 모읍니다. 한 손 가득 꽃이 모아지면 바람을 기다립니다. 하얀 배꽃이 눈처럼 흩어집니다. 여자의 얼굴에 환한 미소가 번집니다.
> – 야이, 시발년아, 뭐 허는겨?

> 여자가 얼굴에 번졌던 미소를 거두고
> 손을 바삐 움직입니다.

① 어릴 때 작가가 배나무 과수원에서 자랐기 때
  문이다.
② 과일을 따는 일은 아주 고된 노동이기 때문이
  다.
③ 하얀 배꽃이 눈처럼 흩어지는 아름다운 배경
  뒤에 학대와 폭력 장면을 넣어 충돌 효과를
  일으키려는 것이다.
④ 노동자의 게으름과 고용주의 갈등은 구조적
  인 문제이기 때문에 그 구조를 보여주기 위한
  것이다.
⑤ 배꽃의 꽃말이 온화한 애정이기 때문에
  배꽃을 통해 그것을 드러내기 위한 것이다.

9. '오늘 우리 집에 사채업자가 오기로 했다.
   그는 어떤 옷을 입고 손에 무엇을 들고 있
   을까?'라는 질문의 대답으로 가장 눈에 띄
   는 조합은?

① 검은 양복 – 서류 가방
② 검은 양복 – 각목
③ 교복 – 토끼 인형
④ 운동복 – 야구방망이
⑤ 호피무늬 티셔츠 – 쇠파이프

10. 다음은 황정은의 「모자」의 첫 부분이다.
    밑줄 그은 부분을 읽은 독자의 반응으로
    적절한 것을 고르시오.

> 세 남매의 아버지는 자주 모자가 되었
> 다.
> 이사를 하면 첫째가 가장 먼저 하는 일
> 이 장도리를 들고 다니며 벽에 박힌 못을

> 뽑아내는 것이었다. 못이 있으면 아버지
> 가 집 안을 돌아다니다가 거기 걸리고, 틀
> 림없이 모자가 되어버리기 때문이었다.

① 승호 : 맞아 우리 아버지도 종종 모자가 되곤
  해.
② 유진 : 아버지가 모자가 되다니 말도 안 돼.
  이 소설 안 볼래.
③ 다영 : 아버지가 모자가 된다는 게 무슨 의미
  일까? 읽으면서 그 의미를 생각해 봐
  야겠다.
④ 진우 : 인간이 모자로 변할 수 있다는 것은 놀
  라운 일이야. 빨리 연구해야 해.
⑤ 주희 : 아버지가 대머리인 것 같아. 매일 모자
  를 쓰다가 모자가 된 거지. 우리는 대머
  리에 대한 차별적 인식을 바꿔야 해.

11. 소설에 환상성, 초현실 같은 알레고리가
    등장할 때 작가는 종종 술, 약물, 질환 등
    을 알레고리의 근거로 삼을 때가 있다. 그
    이유는?

① 술과 약물의 위험을 알려 독자의 건강을 지키
  려고
② 작가들은 술과 약물에 찌들어 있고, 병도 많
  이 걸려서
③ 의미가 약해 최소한의 개연성을 확보하려고
④ 작가 스스로도 환상과 초현실을 믿지 않기 때
  문에
⑤ 맨정신으로 견디기에는 이 세상이 너무 끔찍
  해서

12. 다음 중 미니멀리즘 소설의 특징이 아닌
    것은?

① 단문 위주의 복잡하지 않은 산문 스타일

② 자세한 설명이 추가된 서술보다는 대화체 중심의 양식

③ 소설을 아주 작은 글씨로 쓴다.

④ 시공간의 한정성

⑤ 사건이 이미 일어났거나, 일어날 것을 암시하며, 실제로 소설 안에서는 거의 아무 일도 일어나지 않는다.

13. 다음은 한지혜의 「미필적 고의에 대한 보고서」의 첫 문단이다. 서사를 '시간의 흐름에 따른 인물(사건)의 변화'로 정의할 때 이 소설이 어떻게 끝날지 추측한 것 중 적절해 보이는 것을 고르시오.

> 2년 만에 하이힐을 신는다. 7센티미터 높이의 힐이다. 내가 가장 좋아하는 높이이기도 하다. 이 높이의 구두를 신을 때, 가장 경쾌한 굽 소리를 들을 수 있다. 한 발 한 발 내디딜 때마다 발끝에서 똑똑 경쾌한 소리가 울린다. 그 소리를 들으면 마음이 가볍다. 딱 이만큼의 높이에서 바 라볼 때의 세상도 마음에 든다. 대부분의 사람들이 내 시선과 같거나 낮게 지나간다. 그럴 때면 척추의 뼈마디가 모두 하늘을 향해 곧추선다. 누구를 만나도 두렵지 않다. 긴장감이 내 몸 속으로 찌르르 흘러내리고, 세상을 향한 의지가 맹렬히 끓어오른다. 폐부 깊숙이 들어오는 바람조차 싱그럽다.

① 윤빈 : 첫 문단을 보고 소설의 결말을 추측 하는 건 아무 의미도 없어. 난 안 해.

② 준혁 : 발 마사지를 받으면서 끝나지 않을까요?

③ 희강 : 구두를 신으면서 시작했으니, 구두를 벗으면서 끝나지 않을까요. 똑똑똑 소리가 울리면서요.

④ 형경 : 힐을 신고 나갔으니, 헌팅을 당했을 거야. 남자와 데이트를 하면서 끝날 것 같아.

⑤ 지원 : 하이힐은 위험해. 척추의 뼈마디가 다 어긋나서 하반신 불구가 된 여자가 울고 있는 결말.

14. 아래 지문은 데이비드 샐린저의 『호밀밭의 파수꾼』의 일부이다. 주인공이 반복해서 밑줄 그은 부분을 묻는 이유로 적절해 보이는 것은?

> 운전사는 좀 교활한 친구였다. "여기선 돌리지 못해요. 여긴 일방통행이거든. 90 번가까지는 내내 가야 할 거요."
>
> 나는 말다툼을 하고 싶지 않았다. "좋아요," 하고 내가 말했다. 그 때, 갑자기 무슨 생각이 떠올랐다. "이봐요," 하고 내가 말했다. "<u>센트럴파크 남쪽 바로 근처 호수에 있는 오리들을 알아요? 쪼그만 호수요. 혹시, 그 호수가 꽁꽁 얼면 오리들이 어디로 가는지 알아요?</u>" 나는 백만 명 중 하나 정도가 그런 걸 알 거라는 생각이 그때 들었다.
>
> 그는 고개를 돌려서, 무슨 미친 사람 보듯이 나를 쳐다보았다. "지금 뭐 하는 거요?" 하고 그가 말했다. "농담하는 건가?"
>
> "아니 – 그냥 궁금해서 그래요, 다른 건 아니구."
>
> 그가 더 이상 아무 말도 없기에 나도 입을 다물었다.
>
> 그의 이름은 호로비츠였다. 그는 먼저 탔던 운전사보다는 훨씬 좋은 사람이었다. 어쨌든, 나는 그가 오리들에 대해서 알지도 모른다고 생각했다.
>
> "이봐요, 호로비츠," 하고 내가 말했다.

"센트럴파크에 있는 호수를 지나간 적 있어요? 센트럴파크 남쪽 아래 말예요."

"뭐라구요?"

"호수 말예요. 작은 호수요, 거기 있는. 오리들이 있는 호수 있잖아요."

"그래요, 그게 어쨌는데?"

"그럼, 거기서 헤엄치고 다니는 오리들 알아요? 봄이나 언제나 말예요. 혹시, 그 놈들이 겨울엔 어디로 가는지 알아요?"

"누가 어디로 간대요?"

"오리들이요. 혹시, 알아요? 내 말은, 누군가 트럭이니 뭐니를 타고 와서 그 놈들을 데리고 간다든지, 아니면 자기들이 남쪽이나 어디로 날아 가냐하는가 말예요."

호로비츠는 고개를 확 돌리더니 나를 보았다. 그는 매우 성질이 급한 사람이었다. 하지만 나쁜 사람은 아니었다. "도대체 내가 그걸 어떻게 알겠소?" 하고 그가 말했다. "도대체 내가 그따위 바보 같은 일을 어떻게 알아요?"

"뭐, 화내지 말아요." 하고 내가 말했다. 그는 화났거나 뭐 그런 것 같았다.

① 도우 : 친한 오리가 있어 걱정하는 거야.

② 혜영 : 기후 위기로 인한 생태계의 파괴를 에둘러서 말하는 게 아닐까.

③ 루미 : 호수가 얼어서 갈 곳이 없어진 오리와 자신을 동일시해서 앞으로 어떻게 할지 묻는 거야.

④ 기현 : 쓸데없는 걸 물으면서 택시비를 깎으려는 거야.

⑤ 호용 : 운전을 방해해서 사고를 유도할 목적 같아요.

15. 다음은 황정은의 「낙하하다」의 첫 문장이다. 마지막 문장을 고르시오.

떨어지고 있다.

① 떨어지고 있다.

② 계속 떨어지고 있다.

③ 상승하고 있다.

④ 점점 더 빠른 속도로 떨어지고 있다.

⑤ 멈췄다.

16. 아래 지문은 더글러스 애덤스의 『은하수를 여행하는 히치하이커를 위한 안내서』의 일부다. 보고인들이 레이저로 지구를 없애는 장면을 작가가 아래 밑줄처럼 단세 줄로 쓴 이유로 적절한 것은?

"나는 은하계 초공간 개발 위원회의 프로스테트닉 보곤 옐츠다." 그 목소리가 말을 이었다. "모두들 분명 잘 알고 있겠지만, 은하계 변두리 지역 개발 계획에 따라 너희 항성계를 관통하는 초공간 고속도로를 건설하게 되었다. 애석하게도 너희 행성은 철거 예정 행성 목록에 들어 있다. 이 과정은 지구 시간으로 이 분도 걸리지 않을 것이다. 경청해서 고맙다."

확성 장치가 잠잠해졌다.

승강구에서 빛이 뿜어져 나왔다.

소름끼치는 정적이 흘렀다.

소름끼치는 소음이 흘렀다.

소름끼치는 정적이 흘렀다.

보고 행성의 공병 함대는 별이 총총한 새까만 공간 속으로 미끄러져 갔다.

① 운호 : 너무 충격적이고 끔찍한 장면이라 자체 검열한 거겠지. 독자가 놀랄까 봐.

② 선우 : 마감에 쫓기고 귀찮아서 쓰다 만 게 아닐까요.

③ 은영 : 미시적이거나 거시적인 것은 재현하기

보다 반복과 암시를 통해 전달하는 게 효과적이기 때문이야.

④ 태승 : 레이저의 강력한 위력을 보여주려는 거야.

⑤ 연주 : 작가는 길게 썼는데, 편집자가 줄였겠지. 미국은 편집자의 권한이 아주 강하다고 하잖아.

17. 작가는 상황, 사유, 인물의 행동 등속에서 독자를 설득해야 한다. 다음 중 설득의 방법으로 적절하지 않은 것은?

① 장면이나 문장을 반복적으로 써서 독자를 수긍시킨다.

② 사유에 연결된 사건을 보여주는 식으로 변주해서 설득한다.

③ 무조건 우긴다.

④ 작가가 독자의 자리로 들어가 먼저 말도 안 된다고 말하거나, 자신도 이해 안 간다고 서술하는 식으로 선수를 쳐서 판단을 유보해버린다.

⑤ 어린아이니까 이런 식으로 행동하고 생각할 수 있다는 식으로 캐릭터를 이용해서 시치미를 뗀다.

18. 아래 지문은 테러 미데너의 「동물 마사의 영혼」의 마지막 부분이다. 마사의 마지막 말을 고르시오.

> * 문제 풀이를 위한 Laconic – 벨린스키 박사는 침팬지의 말을 통역할 수 있는 장치를 개발했다고 주장했다가 사기꾼으로 몰려 재판을 받는다. 재판에서 여러 차례의 시연을 하고 판사가 직접 마사에게 질문을 하기도 한다. 시연은 성공적이고 판사도 만족한다. 이대로면 1심은 이기겠지만 훗날 어떻게 될지는 아무도 모른다.
>
> 박사가 사탕을 침팬지에게 내밀었을 때

파인만은 지금 자신 앞에서 무슨 일이 진행되려는지 깨달았다. 그는 죽음을 부르는 실험의 중지 명령을 내렸다. 그러나 너무 늦었다.

박사는 지금까지 자신의 실험 동물을 스스로 죽인 적이 한 번도 없었다. 그 일은 언제나 조수에게 맡겨왔다. 아무런 의심도 않은 침팬지는 독이 들어 있는 선물을 입에 넣고 씹었다. 벨린스키 박사는 지금까지 한번도 생각해보지 않았던 실험에 대한 생각이 떠올랐다. 그는 스위치를 넣었다.

– 사탕 사탕 고맙습니다. 벨린스키 행복 행복 마사.

그때, 마사의 목소리가 저절로 멈추었다. 마사의 몸이 박사의 팔 속에서 순간적으로 경직되었다가 이완했다. 그리고 죽었다.

그러나 뇌사는 즉시 이루어지지 않았다.

활성을 잃은 마사의 몸 안에서 몇 개의 회로가 짧은 신경 충격을 발생시켰고, 그것이 해독되어 <아프다 마사 아프다 마사>라는 소리가 되어 흘러나왔다.

그런 다음 1~2초 동안은 아무 일도 일어나지 않았다. 임의로 발생하는 신경 펄스들은 이 생명 없는 동물과 더 이상 아무런 관계도 없었다. 그런데 마지막으로 희미한 신경 충격이 사람들의 세계로 신호를 보내왔다.

–

① 아프다. 마사. 아프다.

② 사탕 사탕 고맙습니다.

③ 왜? 왜? 왜? 왜?

④ 벨린스키 나쁜사람. 저주. 저주.

⑤ 나의 죽음을 적에게 알리지 말라.

19. 아래 지문은 손창섭의 「공포」의 일부다. 지워진 마지막 문단을 쓰시오. (주관식)

* 문제 풀이를 위한 Laconic – 불의를 보면 늘 참으면서 살아온 오씨는 초등학생 아들 병우가 누굴 때리고 와도 크게 혼내지 않는다. 어느 날 병우는 손가락이 잘려서 들어오고, 오씨는 경찰에 신고를 한다. 병우는 그날부터 자기 친구이자 조직의 우두머리인 장대식이 자기를 살해할 거라며 두려움에 떨면서 경기를 일으킨다. 보다 못한 오씨는 병우를 지방의 이모 집으로 보낸다. 장대식이 오씨를 찾아온다.

"그럼, 병우에게 이거나 보내 주세요."
하면서 대식이 주머니에서 잭나이프를 꺼내서 날을 쭉 펴는 바람에, 오씨는 흠칫 놀라 다시 몇 발자국 뒤로 물러섰지마는 그 칼로 오씨를 어쩌는 것이 아니라, 의외에도 대식이 자신의 오른손 새끼손가락을 대문 기둥에 대고 탁 쳐서 떨어뜨리었다. 다음 순간 소년은 진통을 참느라곤지 이를 사려물고, 재빨리 잠바 주머니에서 붕대를 꺼내어 손가락의 상처를 여러 겹 친친 감아 쥐더니, 땅에 떨어져 피와 흙투성이가 된 손가락의 한 토막을 주워 들고, "장대는 이런 사내라는 말과 함께 전해 주세요."
(중략)
이번엔 오씨의 손을 끌어다가, 무명지 끝을 일 센티쯤 칼로 찢고, 거기서 내솟는 피를 쭉쭉 빨아 먹었다.
"자, 이제부터 아저씨와 전 남이 아닙니다. 피를 나눠 먹었으니, 부자 사이보다도 더 가까운 사이입니다. 우리는 죽을 때까지 헤어져서도 안 되고, 배반해서도 안 되고, 이 비밀을 굳게 지켜야 합니다. 만일 이 약속을 어기면 그땐 목숨을 대신 내놔야 합니다."
이렇게 위압적인 말로 다짐해 놓고 벌떡 일어서더니,

"앞으로는 만일 어떤 놈이든 아저씨에게 해를 끼치는 놈이 있으면, 제가 목숨을 걸고라도 해치울 테니 걱정 마세요. 오늘은 딴 동지의 훈련이 있어서 전 먼저 가보겠습니다. 나중에 다음번 만날 날을 아무도 모르게 연락해 드리겠습니다."
이런 말을 남기고, 소년은 사각사각 모래를 밟으며 인도교 쪽으로 멀어져 갔다.

적성 검사 결과지

안타깝게도 당신은
소설에 천재적인 적성을 갖고 있습니다.
삶이 매우 고달플 가능성이 큽니다.
그래도 지금 책상 앞으로 가서
소설을 쓰세요.

#킬러스타그램

초판 1쇄 발행 2021년 10월 13일

지은이 이갑수
편집 김은지
디자인 이수빈

펴낸 곳 해와달 출판그룹
브랜드 시월이일
출판등록 2019년 5월 9일 제 2020- 000272호
주소 서울특별시 마포구 양화로 183, 311호(동교동)
E- mail info@hwdbooks.com

ISBN 979-11-91560-05-3